신말수 장편소설

바람, 바람에게 묻다

신말수 장편소설

바람, 바람에 묻다

초판 1쇄 인쇄 2023년 7월 24일
초판 1쇄 발행 2023년 7월 31일

지은이 신말수
펴낸이 강정규
펴낸곳 시와동화

등록번호 제2014-000004호
등록일자 2012년 6월 21일

주소 경기도 부천시 성주로 86-4, 104동 402호(송내동, 현대아파트)
전화 032-668-8521
이메일 kangjk41@hanmail.net

ISBN 978-89-98378-63-9 03800

신말수 장편소설

바람, 바람에게 묻다

시와 동화

작가의 한마디

  소설을 쓰는 내 이유는 뭘까.

  새삼스러운 말이듯 내게 묻는다. 내가 만들어내는 변변찮은 이 활자들이 세상을 구하는 어마어마한 일은커녕, 미소한 내 마음 하나 다스리지 못한다는 것도 안다. 눈에 보이는, 손에 잡혀드는 소소한 힘도 기대할 수 없는 이 일에 열정을 바치는 나는 정말 어리석은 걸까.

  그러는 내가 못미더워 여마리꾼처럼 내 이야기들이 모여 사는 소설 마을을 엿살펴본다.

  소설 속에는 저마다의 이름들이 그에 맞춤한 역할로 분주하다. 그런데 그 인물들이 왜 그렇게 낯설지 않은 겔까. 사소한 버릇이나 표정이며 생각, 그리고 언어의 흐름에서 아뿔싸, 열심히도 그들은 나를 흉내 내고 있는 게 아닌가. 굳이 에둘러 말할 것까지 없다. 소설은 내 삶의 궤적이었고 그것들은 구석구석에 웅크리고 앉아 또 하나의 내 세상을 만들고 있었다.

  심지어 타이밍을 놓쳐 되받아치지 못했던 어느 순간이나, 궁지에 몰려 제대로 해명하지 못했던 억울함은 물론, 함부로 비판하고 그러면서 그럴 수밖에 없었던 나를 측은하게 바라보려는 마음도 그 소설 속에 똬리를 틀고 앉아 있었으니.

그래서 소설은 결국 '나'였다는 사실이다.

나의 모양들이었으며 가끔은 내가 살아내고 싶었던 희망의 내용도 꿈이란 포장지에 싸여 함께 어울리고 있었다. 이 모두는 내가 펼쳐 놓은 소설 속이었으니 가능한 세계였다.

나는 소설을 미끼로 열심히 나를 웅변하고 있는 중이었다. 그러면서 모든 시간을 견뎌내고 있는 나에 대한 변명의 수단이기도 했다는 것.

이건 소설을 쓰는 내 이유와 정면으로 조우하면서 진단 내린 엄혹한 결론이다.

젊었을 적, 아직은 젊었다고 자신할 수 있는 자만 때문이었을까, 내 몫의 삶에서 발생하는 불화를 견디지 못할 때, 그 버거움이 마음의 자루를 차고 넘칠 때 나는 비겁한 방법을 상용하곤 했다. 어디론가 숨을 곳, 그래 솔직히 말하자면 도피라는 말이 옳다.

아직 버리지 못한 그 버릇으로 얼마 전 또 경호강을 찾아 나선다.

가푸르지 않은 경호강의 물살은 숨 모을 듯 내 절박함을 묵묵하게 안아 준다. 강은 아무것도 묻지 않는다.

내 어리석음에 질타한 적도 없다. 한 번도 내 이유에 간여한 적도 없다. 강가에 털썩 주저앉아 내가 그에게 말한다.

"좀 울어도 될까?"

아주 오랜 친구, 어련무던한 경호강은 불고 쓴 듯 내 허탈함을 제 물살로 보듬어 준다. 그리고는 내가 버린 생채기들을 챙겨 싣고는 흘러간다. 야단스럽지 않게 그냥 어제처럼, 그렇게 흘러만 갈 뿐이다.

시간이란 참 매정하고 무섭다. 또 에누리 없는 장사꾼처럼 야박하기도 하다. 무한할 줄만 알았던 내 시간들의 소멸점이 저만치에서 기별을 보내곤 한다. 그럴 적이면 상습적이듯 조바심이 먼저 뒤척인다.

잘 살아내고 싶었다. 내 소유로 부여받은 삶에 진심을 다하여 책임지고도 싶었다. 어마어마하고 화려한 것은 언제나 내 몫이 아니었다. 내 것이라는 조그마함에 갇혔어도 하늘같은 드넓음을 꿈꿀 수 있었고, 먼 곳의 행복에는 터무니없이 개염 부리지도 않았다. 가장 소중한 것은 늘 내 마음 이웃한 곳에 붙견디고 있다는 것, 그건 빛으로 피어나는 내 삶의 상징이었다.

다행히 내 세상에는 유용한 위로들이 넉넉했다. 내 삶에 과분한 호사였던 책과 음악, 산란한 시간을 위무해 주던 경호강물 또한.
이들 도움으로 나름 그럴듯한 삶을 운영할 수가 있었는지 모른다.
오죽잖은 나와 동행해 준 그대들! 나의 훌륭한 위로가 되었음에, 그리고 변변찮은 내 소설의 샘고가 되어 주었음에 더욱 고마웠다는 이 말.

아름다운 오월 햇살을 핑계로 오늘, 이렇게 엽서 한 장에 내 마음 적어 띄워 보낸다네.

PS: 늘 당신의 글이듯이 빈틈없이 챙겨 주시는 민충환 교수님, 제 글은 교수님의 손길에 의해 완비된 모양새로 이루어집니다. 감사한 마음 하늘만 같습니다.

모란이 피어난 오월 아침에.

신 말 수

차례

전등사의 봄

'딴 사내와 달아난 온수리 술집 계집을 도편수는 대웅전 추녀 끝에 냅다 새겨 놓고 네 이 년, 세세생생 이렇게 벌 받으라, 저주한다.'

– 고은

대웅보전 일곱의 섬 끝에다 털썩 엉덩이를 내려놓는다. 이미 어깨에 주저앉은 불편한 심기는 함부로 기척을 드러낸다. 엄살처럼 잔망부리는 이 통증은 무엇인가. 어쩌면 스스로 조작한 모의일지도 모른다. 그러면서 미양은 나부와 닮은 앉음새로 사찰의 고요 속에 숨어든다.

반 뼘 정도 목을 돌려세우면 추녀 끝 나부를 맞받아낼 수도 있다. 그러나 빳빳하게 세운 눈빛이 저 먼저 거두어들인다.

느티나무는 사찰 마당의 풍경을 죄다 구경꾼으로 둘러앉혀 놓았다. 얼마만큼을 세월을 견뎌내야만 저리도 당당한 엄존일까. 늙은 나무는 그 마당의 모두를 제 것인 양 부여안고 앉아 있었다.

막 돌담을 돌아나간 여인의 치맛자락 흔적 같은, 아니면 미완의 그림인 양 완전하지 않은 몇 사물들만으로도 유구한 제 나이를 엄혹히 웅변하고 있는 사찰. 느티나무 밑동과 무설전 지붕, 삼성각 기둥 옆으로 명부전을 지시하는 화살표 등등. 제대로의 모양을 드러낸 건 하나 없다. 객의 거동을 엿살피려는 풍경의 음모인가. 숨고 또 숨기는 엄평소니 같은 마당의 정물들은 서로의 술래가 되어 함께 모여 산다. 그 계단 끝 위에 쭈그리고 앉은 또 하나의 술래, 그리고 무심을 가장한 채 제 것의 치부를 안고 시간을, 공간을 견뎌온 발가벗은 여자 또한.

전부를 드러내지 않고도 전부를 설명해 내는, 사찰의 일곱 계단 끝이 맘껏 부려놓은 객기이다. 미양은 이 모든 풍경에 시선을 기댄 채 마음까지도 부려 놓는다.

전등사 너른 마당은 이미 들붐비는 사람들로 내몰려 어수선하다. 맞은편 벽에 걸린 현수막도 오늘을 주도할 풍물패 놀이를 바람으로 맘껏 펄럭거린다. 마당에는 제사상이 차려져 있고, 너른 멍석 때문일까, 한가운데를 차지한 네모상은 외떨어진 듯 쓸쓸하다. 과일 몇과 시루떡 북어 등, 제대로 갖추어 앉힌 제사 음식들이건만 온기를 잃은 듯 추워 보였고.

멍석을 중심으로 많은 객들이 옴나위없이 몰려들었다. 그 한 끝을 붙잡고 앉은 악사들은 각각 제 소리 것들로 배경음악을 깔아

놓기 시작한다. 그 주위로 카메라 앵글을 맞추는, 비디오 기기를 조정하는, 아이를 목말 태운 남자며 커플 후드 점퍼 차림의 연인 등, 여러 모양의 객들이 빙 둘러섰다. 어릿광대와 함께 분위기를 북돋우는 악사들의 소릿바람이 금방 너른 마당을 차올랐다.

미양은 이 모두의 풍경을 일곱의 계단 끝에서 내려다본다. 머리 위의 나부와 똑같이 쭈그린 앉음새로.

뭔가에 대한 조짐머리인 양, 음전하던 소리맵시가 귀를 때릴 듯 고조된다. 그러더니 빙 둘러선 사람들의 담 한 쪽이 무너지고, 뜻밖이듯 뚫린 길을 밟고 쥘부채를 쥔 줄광대가 등장한다. 양쪽에 구경꾼들을 몰아 부친 길을 타고 환호에 답하며 들어서는 어름사니, 박정호.

하얀 광대복 차림인 그의 초립엔 드문드문 박힌 오동빛 깃 두 개가 바람이듯 하늘거렸다. 어디에서 날아든 걸까, 어름사니 정호의 눈 속에 칼날 같은 빛 한 줄기, 시퍼렇게 스쳐 지났다. 온 세상을 베어 먹고도 남을 날선 눈빛.

급한 거 하나 없이 굼지럭대던, 평소엔 눈씨조차 맥없던 정호였다. 지금의 제 나이갓수조차 혼쭐나서 달아날 기상, 미양은 손갓을 만들어 그런 정호를 훔쳐본다. 어릿광대 정자 씨 손을 잡고 좌중을 향해 절을 한 후 다소곳 무릎을 꿇은 그가 고사상에 술 한 잔을 올려놓았다.

"1300년 맥을 이어온 우리의 조선광대 줄타기입니다. 오늘 이렇게 전등사 너른 마당에서 뜻 깊은 판을 마련했습니다. 이 줄타기가 문화재로 지정되기까지 하 많은 세월과 여러 선배님들의 노고가 녹아있습니다. 그 세월 속에 이것들을 지켜내느라 애를 쓰신 분들 또한 숱합니다. 그런 분들에 의해 위태위태하지만 오늘 이날까지 끈을 놓치지 않았습니다. 오늘도 온몸과 마음을 바쳐 이렇게 거룩한 자리를 마련하였습니다.

200여 년 전 임금님 앞에서 줄을 타시어 이름을 하사받으셨던 김상봉 선배님, 최상천 선배님, 그리고 저를 자신의 분신처럼 생각하셨던 장인어른 신승구 선생님, 오늘 이 뜻 깊은 자리에 판을 벌였으니 부디 좋은 공연이 될 수 있도록……."

언제부터 쏙 빼닮아버린 곌까, 정호의 고사소리는 옛날 아버지와 똑같이 구성지고 야무졌다. 눈을 감았다. 지나간 모든 것들이 감은 눈 속으로 몰려들고 있었다.

고설 고설 고설 고설
고설 고설 고오설
섬겨 드리는 고사로다
이 고사를 드리는 건
다름 아니오라
지세마을에서 보름날에
줄 할머니 줄 할아버지께
고사를 드리는데

축원 덕담대로 재수 있고
맘먹고 뜻 먹은 대로
소원성취 이루시고
지세 마을이
줄 할머니 줄 할아버지를 위하여
이 정성을 드리오니……

깜짝 놀라고 말았다. 누가 지시한 것도 아니었건만 홀린 듯 스스로 줄 고사로 말꼬를 터고 있는 게 아닌가. 미양은 손으로 제 입을 막으며 고사 말 털어내는 시늉을 한다. 참 어이없는 일이었다. 아버지를, 정호를 흉내 내고 있다니. 그것들을 버리고자 발버둥 친 세월이 얼마인데, 그럼에도 여태껏 입은 열심히 마음을 배반하고 있었던 게 틀림없다.

오늘도 그랬다. 아침식사 준비를 하는 중이었다. 주방 너머, 방문 안의 정호를 슬쩍 엿보았다. 벽장에서 꺼낸 투박한 가방에 굵고 실한 삼줄을 사려 넣고 있었다. 오늘을 위한 연희 준비였다. 오랜 손때가 묻은 아버지의 낡은 가죽가방 바탕은 마른버짐을 얹은 듯 헤지고 너절했다. 모서리마다 박힌 장석은 거뭇거뭇 녹슬었고 넝마로 변한 가방을 정호는 수호신처럼 아끼고 모셨다. 집착이라고 하면 맞을까, 남편 정호의 세계가 아니 아버지가 살아낸 삶 전부를 담아놓은 가방이었다. 무심한 척, 전혀 관여하고 싶지 않은, 미양의 치부이기도 한 가방이었다.

집을 지을 때 정호가 제 뜻을 가장 많이 고집한 부분도 벽장이었다. 안방의 많은 부분을 차지하고 있는 벽장은 자신이 직접 설계했고 일꾼들에게 적잖은 잔소리와 열의로 간여한 정호의 특별한 공간이다.

정호는 몇 번이나 그 벽장문을 여닫으며 앉고 일어서기를 반복했다. 벽장 속은 은둔하는 아버지의 역사를 증명하는 박물관이기도 했다. 세월에 의해 낡삭았지만 금방 닦아 놓은 듯 말끔한 가방에 초립이며, 경건한 차림으로 걸린 광대복 등, 이들 놀이패 용구들이 오롯하게 보관되어 있다. 정호가 출타한 어느 날, 미양은 벽장문을 살짝 열어 보았다. 그 속에는 세상에 남겨 두고 간 아버지의 모든 흔적이 주눅바치처럼 움츠리고 있었다. 약속이나 한 듯 그것들은 미양을 눈씨 맵게 쏘아보았다. 모든 소납들은 막 손을 본 듯 가지런히 정리되어 있었고 금방이라도 가방을 챙겨 떠날 준비이듯 아버지의 기침 소리가 들려올 것 같았다. 얼른 벽장문을 닫아 붙이고 바삐 빠져 나왔다. 구년묵이처럼 벽장을 지키고 앉은 아버지 삶의 궤적들, 그것들을 한 번도 맘 편히 바라본 적이 없었다. 정호와 아버지가 대접받지 못한 세월들이 좀상좀상 숨어 있는 음지의 지대였다. 온 생을 걸고 행해 온, 두 남자의 생명이기도 했으며 운명이듯 붙들고 앉은 줄타기의 실체였다. 그것들을 우호적인 맘으로 보려 애쓴 적도 없었다. 그러면서 그 방으로 들어가 훔쳐보는 마음은 무슨 연유에서일까. 미양은 그 벽장 속에서 아직도 아버지와 화해하지 못한 세월을 확인하곤 했다. 그런 걸 느끼는 날은 무거운 짐을 지고 있는 듯, 마음의 등이 버거웠다.

마당의 고사는 이미 끝이 났다. 줄을 탈 준비로 작수목 쪽으로 걸어가는 정호의 등이 보였다. 오죽잖은 등은 온데간데없고 대쪽같이 곧게 내린 어깨는 금방 불호령이라도 떨어뜨릴 듯 근엄했다. 미양은 그의 낯선 등 둑을 멍히 바라보았다.

"배우 씨."

어릿광대를 부르는 익살 가득한 목소리 쪽을 향해 눈을 돌렸다. 분명 정호였다. 구눌하리만치, 평소 그의 일상이 뱉어내는 힘 담 없는 소리가 아니었다. 마치 소리 패인 아이의 것처럼 모양새가 굵고 너그러운 음색이었다. 별스런 입성처럼 여유까지 가득 두른 몸으로 비스듬히 매어진 한쪽 줄 끝에 섰다. 그러면서 줄타기 준비를 어릿광대와 함께 풀어낼 셈이었다. 부채 든 손으로 작수목 위쪽을 가리켰다간 카랑카랑한 하늘 속에 걸려 있는 줄 아래를 한 바퀴 빙 돌았다.

"저기까지 올라가는데 그냥 올라가기는 만무하고 염불타령 쳐 놓고 올라 가겄다."

작수목에 올라 선 정호는 왕림해 주신 모든 분들에게 감사하다는 인사말도 잊지 않았다. 줄을 눈앞에 두고 방금 올라온 땅 아래에 넌지시 눈을 내립떠보더니 여기까지는 여러 손님들께서 염려

해주신 덕에 무사히 올라왔다고 엄부럭까지 떨어댔다. 맞은편 작수목을 부채로 다시 알음장해보이며 저기까지는 건너가기가 장히 어렵겠다는 너스레도 맘껏 풀어 놓고는 줄 중간쯤에서 헛발 디디는 시늉으로 덧게비까지 쳤다.

분명 아버지였다. 아버지의 옛날을 모두 눈앞에 끌고 온 듯했다. 눈돌림질 하고 싶었다. 그러나 맘과 달리 미양의 시선은 꼼짝없이 정호를 붙들고 있었다. 줄에 선 정호는 소소리 높은 허공의 한 마리 새였다. 줄을 딛는 그의 걸음 앞에서 맘과 달리 미양의 시선은 함께 나설 차비를 서두르고 있었다.

"야야야 떨어질라 조심해라."

줄광대를 향한 어릿광대의 엄살이 시작되었다.

"어쨌든 무사히 건너 왔겠다. 요번에는 요렇게 앞으로만 건너갈 것이 아니고 뒷걸음으로 한 번 걸어보는데 앞으로 갈 때는 눈이 있지만 뒷걸음질을 할 때엔 이놈의 발바닥만 찰떡 같이 믿는데 요놈이 잘 디뎌주어야지 만약에 잘못 디디어 밑으로 내려가는 날이면 낙동강에 오리알 떨어지듯, 하고 말겄다. 그렇다면 염불타령이라도 쳐 놓고 걸어봐야 쓰것네. - 정쿵 정저쿵-"

정호는 줄 위에서 떠죽거리며 뒷걸음질을 했다. 눈을 감고 말았다. 감은 눈 속으로 아버지의 발씨 익은 뒷걸음질이 아득하게 펼쳐졌다.

여름이면 너른 그늘을 거느리는 동구나무가 사는 배꼽마당이었다. 한가위 명절을 보낸 다음날이면 아버지의 패거리들은 한터에다 말뚝을 박고 서로 맞물리는 작수목을 세워 줄을 묶는 작업부터 시작했다. 작수목 줄을 조율하고 수평을 점검하고 그리곤 아버지는 배우처럼 춤을 추며 마당 가운데로 입장했다. 마을이 베풀어 준 은혜에 대한 에움으로 추석과 설, 두 명절 다음 날이면 남사당 패들의 빠짐없는 연희였다. 외시골 마을 한 쪽이지만 그들에게 터를 허락해주었고 삶을 보장해 준, 천것들에 대한 후한 대우에 남사당패들은 으레 놀이 한마당으로 갚는 셈 쳤다. 그런 날이면 마을 사람 모두가 동구나무 아래로 모여들었다. 설 명절을 지내고 대보름날이 되면 놀이판은 더 거나했다. 마을들이로 복과 안녕을 빌어주는 매구풀이도 아우르는, 온 마을의 잔치였다.

아버지가 줄을 타는 날이면 어린 미양은 절로 신이 났다. 줄을 타는 아버지의 모습만큼 자랑스러운 게 없었다. 줄 위에서 아버지의 뒷걸음질이 시작되고 떨어지는 헛시늉을 할쯤이면 소마소마 겁부터 먼저 달려들었다. 울음이 맺혀 들면 혹여 아버지의 위태로운 걸음이 정말 낙동강 오리알이 되는 건 아닐까, 어린 마음은 두 손으로 울음소리를 막아내곤 했다. 그때 한 줄기 소소리바람으로 아버지의 몸이 휘청거렸다. 아버지는 손에 쥔 부채로 바람을 다스리며 무사히 뒷걸음질을 마쳤다. 아버지의 하얀 버선발은 마치 알라딘의 요술램프와 담요 같았다. 이 세상 아무도 흉내 낼 수 없는 묘기, 차라리 마술이었다. 그러나 미양의 키는 자라났고 세상을 보는 눈도 어른스러워졌다. 그러면서 사당패 꼴은 점점 누추해졌고 그 남루함이 적나라하게 드러나기 시작했다. 나이가 든다는 건 많은 것들을 알게 된다는 뜻이다. 또한 복잡한 삶의 시작이기도 하다. 자랑스럽던 아버지의 줄이 헤진 입성처럼 거추장스러워졌고 어느새 남의 이목에 신경 쓰는 세월을 만나게 된 것이다.

어쩌면 아버지와 그토록 닮았을까, 가만 더듬어보니 정호의 지금이 미양이 기억하는 아버지의 나이와 맞물려 있었다.

"얼씨구 장단을 붙여라. 정쿵 정저쿵 장이 어렵다."

"요번에는 어떤 재주를 허는고 하니, 외홍잽이로 시작해서 코차기까지 나가는디, 이 발로 코를 찰 때 잘 차야지, 그렇지 아주 차는 날이면 코하고 발하고는 촌수가 같아지겄다. 그런데 코를 차다가 재미가 붙으면 앞 먼장으로 해서 허공잽이꺼정 가는디 장히 어렵겄다. ─정쿵 정저쿵─"

잠깐 마실 나간 생각에서 돌아오니 정호는 버선발로 코 차기를 하는 중이었다. 한쪽 발을 줄에 세워둔 채 다른 한 발을 활짝 들어 올린 후, 입부터 앙다물었다. 패랭이에 꽂힌 꿩 깃털 두 개가 바람에 움칠거렸다. 온 시선을 버선코에 집중시킨 정호의 얼굴은 그지없이 흡족해 보였다. 세상 바랄 게 없는, 그의 행복은 제가 들어 올린 버선코 끝에 죄다 몰려와 한바탕 노는 중이었다.

"하, 그 놈이 줄만 잘 타는 줄 알았더니 아니리도 잘 붙이네 그려!"

"어쨌든 줄 잘 탄다. 이번에는 뭘 하는고 허니 옆 쌍홍잽이로 놀아보는디 이 옆 쌍홍잽이를 하다가 신발이 받으면 칠보다래끼까지 내려가는디 장히 어렵겄다."

"자네 조상은 다람쥐인가 보네그려. 엉덩이는 가만히 있고 두 다리만 좌우로 넘나드는 게 영락없이 다람쥐여 다람쥐."

어릿광대의 장단이 정호의 줄타기에 흥을 돋우고 있었다. 미양은 등을 돌렸다.

– 배우 씨! 어쨌든 하다보니까 나도 재미가 나네. 나 저기 가서 또 헐라네.–

줄 위의 정호가 미양의 등에다 소리 지르는 것 같았다.

재미가 나네. 나 저기 가서 또 할라네.

정호의 소리가 등을 움켜쥐고 잡아당기는 것 같았다. 한 번도 우호적인 맘으로 바라본 적이 없는 정호의 재미, 그런 미양의 맘에 대고 외치는 소리일까.

정호가 줄에서 내려오기 전에 자리를 떴다. 책상다리로 줄에 앉았을 때 그의 눈빛이 히뜩, 미양에게로 꽂혀 내려오는 것을 느꼈다. 분명 정호의 눈 끝에 미양이 걸려들었을 것이다. 흔들리던 부채가 아주 잠시이지만 멈칫 체, 좌우로 훑던 그 눈빛이 순간 응고되는 것 같았다. 어쩌면 두 시선이 허공에서 맞부딪쳤는지도 모른다. 먼저 눈빛을 거두어 내고 등을 돌린 쪽은 미양이었다. 정호는 책상다리를 펴며 미양의 등도 훔쳐보았을 것이다. 자꾸 등 뒤가 가렵고 버거워지는 것 같았다.

한 번도 그의 연희 준비에 간여해 본 적도 없었다. 묵묵히 가방을 챙겨 차에 싣는 정호의 등에서 슬핏 아버지의 흔적을 훔쳐보았다. 50, 그 나이에 비해 설늙은이 같은 정호, 그럼에도 줄에 오르기만 하면 몸은 날아갈 듯 날렵했다. 숫기가 없어 사람들과 맘을 트지 못하면서 어름사니로 변하면 왜 그렇게 유쾌하게 사설을 늘어놓는지, 그의 소리맵씨는 아마도 하늘에 떠있는 굵은 삼줄이 부리는 마술일 게 틀림없으리라.

정호의 공연장을 찾은 건 처음이었다. 처마 밑 나부를 증인으로 앉혀두고 정호를 당당하게 바라보고픈, 고약한 심보에서 연유한 것인지도 모른다. 그럴 것이다. 굳이 일곱의 계단 끝에서 나부의 앉음새로 놀이마당을 내려다보는 행위에 대해 변명이라도 해보자면 그랬다.

－내려다보고 있다 －

그 자세의 비밀한 곳에는 감히 누구도 범할 수 없는 오만함이 함께 한다. 대담하고 당당하기도 한 그 이유 속에 손해 없는 계산도 숨겨 두었다.

전등사 경내를 벗어났다. 숲길엔 등산객들이 앞서거니 뒤서거니 스쳐 지났다. 길은 올라올 때보다 더 호젓했다. 걸음이 여유를 부렸다. 하담삭, 뭔가의 열매를 물어낸 청설모가 오물거리던 입을 멈춘 채 미양을 바라보았다. 적대적인가 우호적인가, 빠끔히 상대를 살피던 청설모는 다시 열매를 물어뜯기 시작했다. 그 방어를 보호해주기 위해 멀찌감치 돌아 나와 걸었다. 산모롱이를 지날 때 힐끗 되돌아보았다. 아직도 경계태세를 풀지 않은 청설모는 미양을 눈에 걸어둔 채 입을 오물거리고 있었다. 마치 눈빛이 줄 위에서 스친 정호 것을 빼닮았다. 잠시 움칠, 했다. 어쩌면 빈정거림을 담은 나부의 눈빛이었을까, 닮은 듯 아닌 듯도 한 그것들이 마음 한 쪽을 긁어댔다.

언덕을 내려서니 여린 잎을 달아내는 봄 나무들 사이로 공연장이 비치어 들었다. 아직도 줄을 타고 있을까, 사람들이 만든 둥근 고리 속에서 정호를 찾아보았다. 어름사니 모습은 잡히지 않았다. 줄타기는 끝이 나고 버나 연희가 시작되는 중이었다. 병희 씨가 돌리는 접시들이 허공을 오르내리다간 점점 시야를 벗어났다.

전등사를 등뒤에 남겨두고 천천히 내려왔다. 올라올 때와는 달리 산언저리를 파내어 낸 찻길을 택했다. 주차장을 가로 지른 계단보다 훨씬 사찰다운, 야단스럽지 않은 길이다. 고찰을 지키려는 듯 우뚝우뚝 솟은 길녘의 소나무들이 등을 보일 무렵, 삼랑성 사이로 울력걸음으로 길을 타는 등산객들이 하나둘, 얼굴을 내밀었다.

정호

　멀리 굴참나무 숲 사이로 연기가 피어올랐다. 정호의 흔적이다. 아궁이 앞은 정호가 잠적을 일삼는 피안의 지역이다. 유난히 아궁이 앞에서 생각이 많은, 아니 생각이 필요하면 아궁이부터 찾아 앉는 정호이다. 버스에 내려 먼발치의 연기를 바라보았다. 굴뚝을 타고 오르는 연기는 정호가 그려내는 상념의 표징이다. 온 마음으로 뭔가를 앓고 있다는 제 증거를 정호는 열심히 연기로 지어 올리곤 한다. 그의 이유에 간여하지 않으려 도둑 걸음으로 마당을 들어섰다. 구부려 앉아 아궁이 속에 눈을 빠뜨린, 그의 등엔 무거운 짐이듯 가득 시름이 걸려있다. 미양은 가만히 멈춰 서서 그의 등을 훔쳐보았다. 정호에 대한 기억은 언제나 구부정하게 흘러내린 그 등에서부터 시작되곤 한다. 어린 날이나, 또 자라온 기록들 모두가 차곡차곡 저장되어 있는 그의 등이었다.

서릿바람 매운 늦가을, 가을걷이가 다 끝난 들판에는 횅한 바람만 모여 들놀았다. 정호가 보따리를 울러 메고 아버지 뒤를 따라 마당으로 들어서던 날이었다. 호졸호졸한 입성에 쥐부스럼 돋은 머리, 선웃음을 거두지 못한 아홉 살 정호는 마루 앞에 멀쭘하게 서 있었다. 꼴은 추레한 한 마리 서리병아리였지만 눈빛은 선했다. 같은 학교와 같은 반이지만 미양은 제가 그어 둔 선 안의 진입을 금했던 정호였다. 사당패 일원이라는 것만으로도 동질감을 느낄만한 충분한 조건이었다. 그러나 미양은 정호에게만 유난히 단호했다. 어눌하고, 학교에서나 친구들에게 무시당하는 게 꼭 사당마을이 이유의 전부가 아닐 터였다. 어쩜 자신의 신분을 재확인시키는 빌미라도 될까봐, 아니면 절대로 동류의식은 꿈꾸지도 말아라, 라는 경고였을까, 정호에게만 유독 쌀쌀맞게 대했던 이유가.

홀아비로 아들 하나만을 데리고 살아온 정호 아버지가 어느 밤 잠자는 듯, 세상을 떠났다. 발붙임 할 곳 없는 정호를 거두어들인 건 미양 아버지였다. 낳자마자 세상 떠난 엄마, 젖배까지 곯았던 정호였으니 형색이 제대로일 리 만무했다.

학교 다녀오는 어느 날의 들판 길이었다. 빙 둘러선 또래 친구들의 가운데서 정호가 올골질을 당하고 있었다. 잔물잔물 헐은 코밑, 허연 버짐이 매달린 머리며, 그렇다고 성적이나마 꼴찌를 넘나들지나 않으면 다행이지, 어느 것 하나 제대로 갖춘 게 없는 정호였다. 그러하니 을근거리는 친구들에게 반항은커녕 제 주장 한 번 제대로 내세우지 못하는 주제였다.

　그날, 그렇게 정호가 또래 아이들의 동그라미 속에 갇혀 있었다. 강 건너 불이듯 미양은 못 본 듯 지나쳤다. 그 꼴이 뵈기 싫어 아프도록 눈도 감고 두 손으로 귀도 틀어막았다. 그러나 누군가가 자꾸 등을 잡아당기는 것 같았다. 발걸음까지도 낚아채는 듯도 했다. 모멸을 견뎌내는 정호의 울음소리에 잠깐 걸음을 멈추었다. 그랬어도 돌아보지는 않았다. 숱한 갈등이 그녀의 맘자리로 성급히 다녀가곤 했다.

　"야, 사당패 새끼야!"

　길용의 목소리였다. 미양의 신경선을 예리하게 긁고 지나는 비웃적거림이었다. 순간 등을 돌렸다. 그리곤 쏜살같이 내달렸다. 모두 같은 반 아이들이었다. 빙 둘러선 그들 중심에다 온 힘으로 책가방을 패대기쳤다.

　"뭐라고, 너그들 금방 뭐라 했냐?"

　팔을 내저으며 정호를 둘러싼 녀석들에게 달려들었다. 식식거리며 발길질을 해댔다. 눈을 부라리며 고함도 쳤다. 길용의 소맷자락도 거머쳤다. 힘이 닿으면 주먹곤죽이라도 만들어 주고 싶었다. 모두들 넋 나간 듯 미양을 쳐다보기만 했다. 미양은 그들의 엔담 한 쪽을 무너뜨렸다. 물이 새어나오는 둑처럼 바리케이드는 순식간에 무너지기 시작했다. 예제없이 내지르는 계집아이의 악청에 사내아이들이 슬슬 뒷걸음질을 했다. 피해 달아나는 그들 등

짝에다 마구 돌멩이를 던져댔다. 돌이 잡혀들지 않는 급한 마음에 풀뿌리까지 빼서 헛매질했다. 물론 미양의 짓거리가 무서웠던 건 아닐 터였다. 온 힘을 다해 달려드는 어이없는 야살에 석죽은 둥근 무리들은 혼비백산, 장달음을 놓고 말았다. 땅바닥에 엎어져 있던 정호가 눈을 거들떠 올렸다. 마땅히 굴욕적인 눈빛이어야 했다. 부끄러워 고개 같은 건 들지도 못해야만 했다. 그러는 게 그 상황에 맞는 최선의 수순이었다. 그런 걸 예상하며 미양은 얼른 자리를 피해주려 했다. 정호의 알량한 자존심을 지켜주는 유일한 배려라 생각했기에.

그러나 정호는 그 예상을 무시했다. 고마워, 하며 눈물을 닦는 얼굴에 어려 있는 비굴함이라니. 그리곤 미양의 뒤를 강아지 모양 졸졸 따라왔다. 당연한 도움이듯, 치룽구니처럼 바짝 붙어 걸었다. 혹여 또 그 패거리들이 쫓아오지 않나 뒤를 살피기도 하면서.

"바보 같은 것, 너는 왜 그렇게도 멍청이냐? 배알은 엿 바꿔 먹었냐, 바보 똥개같이 모다깃매를 맞고서는."

뒤로 돌아서서 정호의 정면에서 눈자리가 나도록 쏘아보았다. 미워서 견딜 수가 없었다. 한참을 걷다가 다시 돌아보았다. 조금 더 거리를 늘어뜨린 정호가 등 뒤에 서서 허붓하게 웃었다. 거울 속에 담긴 자신의 모습이기도 한, 사당마을 모두의 누추한 초상이기도 한 얼굴이었다. 미양이 걸음을 멈추면 정호도 잠시 제자리에 섰다. 먼 산에 눈을 주며 잔망을 부리기도 하면서.

"어서 안 와?"

어기찬 고함에 천천히 한 걸음씩 다가왔다. 고개 숙인 채 저만치 발싸심으로 섰다.

"더 가까이 못 와?"

슬슬 다가 온 정호가 발바투 섰을 때 들고 있던 책가방을 냅다 면전에다 날렸다. 정면으로 맞은 정호는 얼굴을 감쌌고 쏟아진 가방 속 알맹이들은 길바닥에 제멋대로 나뒹굴었다. 미양은 등을 돌려 식식거리며 집을 향했다. 눈물을 훔치고 또 훔쳤다. 뒤도 돌아보지 않고 종종걸음으로 달려왔다. 한참 뒤, 가방은 마루에 얌전하게 놓여 있었다. 필통 속도 빈 거 없이 온전했다.

그런 일이 있은 후 정호는 미양의 눈치만 봤다. 세숫대야에 물을 가득 채워 놓고 먼저 얼굴 씻기를 기다렸다. 그러면 발길질로 세숫물을 쏟아버렸고 마루에 놓인 수건은 패대기쳐 버렸다. 댓돌 위에 가지런히 정리해 놓은 신발은 심술로 헝클어 놓았다. 학교가 끝나면 정호는 교문 옆 벽에 붙어 서서 미양을 기다리곤 했다. 떼어내려 해도 소용이 없었다. 하굣길엔 미양의 등 뒤에 그려진 그림자로 붙어 따랐다.

중학생이 되어서야 정호의 그림자는 떨어져 나갔다. 등이 허수하여 뒤를 돌아보았다. 길바닥엔 하나의 그림자만 드러누워 있었다. 잃어버린 뭔가를 찾아내려는 듯 두리번거렸다. 그림자 정호는 어느 날 그렇게 흔적 없이 사라졌다. 시원해야 마땅할 등이었다.

그러나 뜻밖이었다. 제 것의 홀로 그림자만 헛헛하게 나뒹구는 길 바닥이 황량하기만 했다.

아버지 밑으로 들어온 지 5년이 되던 가을, 정호가 줄에 올랐다. 책가방을 마루에 던져버리자마자 허겁지겁 달려가는 곳은 작수목이 설치된 옆 마당이었다. 줄만 탈 삶을 선택했더라도 아무럼 배워야 사람 노릇 한다며 아버지는 고등학교 입학은 시켰지만 정호의 학교 길은 아예 시시풍덩 왔다갔다 시늉만 했다. 가방 속의 책을 집에서 꺼내어 보는 적도 없었다.

정호 아버지는 본래 남사당패거리에서 살판을 연기했었다. 그러나 정호는 어름사니 쪽에 재주가 많았다. 어름사니로 맞춤하여 태어난 몸바탕이었다. 그런 정호를 바라보는 아버지는 늘 한포국한 얼굴빛이었다. 내림바탕은 숨길 수 없었던 겔까, 정호가 처음 마당에 들어서는 날도 작수목에 걸려있는 줄에 넋을 놓았다. 죽을 때까지 놓지 못할 일이니 깊이 생각해보라는 아버지의 말에 정호의 대답은 단호했다. 줄을 타고 싶다, 에서 시작한 대답이 꼭 타야만 한다, 로 변했을 뿐이었다. 결국 그의 바람대로 아버지의 줄타기 전수에 들어간 것이다.

아버지는 줄을 세우는 건 물론 줄을 만드는 것부터 엄격했다. 도랑 건너 밭에 심은 삼을 베어 몇 번이나 절여 질기게 다듬은 후 직접 새끼줄을 꼬았다. 그런 후 다시 삼합으로 튼실한 줄을 만들어냈다.

너른 마당의 작수목은 일정한 주기로 바꾸어 세웠고 작수목을 교체하는 날이면 집안 가득 남사당 패거리들로 들붐볐다. 멍석자리 마다 술상이 벌어지고 음식은 잔칫날처럼 푸짐했다. 아이들은 떡 부스러기며 과일을 명절처럼 물고 다녔다.

마당에 줄 하나가 늘었다. 정호의 줄이었다. 아버지의 하늘 줄과 땅에 누운 정호의 줄은 서로 재주비김하듯 나란했다. 땅에 심은 정호의 줄은 길게 늘어진 한 마리 구렁이었다. 정호는 두 팔을 벌려 줄에 발 딛는 연습부터 시작했다. 줄타기가 몸에 붙으면서 바람 조절하는 법도 배웠으며 제 몸에 달라붙는 바람을 잘 이용해 걷는 길이 재주롭기 짝이 없었다.

그래그래, 그렇게 하는 거야.

그렇다고 아버지의 교육법이 늘 호의적인 것만은 아니었다. 이제 여드름이 슬슬 드러내기 시작하는 풋머리 사내아이였다. 그의 어린 가슴에 무참한 상처를 안겨 주는 혹독한 아버지의 엄교는 듣는 사람조차 민망할 정도였다. 그럴 적이면 미양은 뒤란으로 슬쩍 숨곤 했다. 줄은 슬금슬금 높아지고 그만큼 정호의 키 또한 열심히 자라고 있었다.

아버지의 줄타기 잔노릇은(잔재비) 몇 십여 종에 달했다. 모두 정호가 익혀야할 재주였다. 아버지는 정호의 그럴싸한 상대 매호씨였다. 어느 날부터 복색이며 소리도 제대로 모양을 갖추기 시작했다.

작수목을 고정시키기 위한 말뚝 4개와 길게 꼰 3합 삼줄로 설치된 두 사람의 연습장은 터줏대감처럼 온 마당을 차지했다.

정호를 길들이면서 아버지가 오르는 줄은 쉬엄쉬엄해졌다. 어느 비오는 밤이었다. 창밖으로 줄을 건너는 아버지를 훔쳐보았다. 무엇을 다스리고 싶은 겔까, 그때의 아버지는 세상의 고뇌를 다 모아들인 모습이었다. 비오는 그 밤이 줄에 오른 아버지의 마지막 기억이었다.

된경으로 엄격해지면서 정호에 대한 아버지의 기대 또한 깊어갔다. 정호가 5미터 높이의 정상적인 줄에 오른 것은 열여섯 살이었다. 그날은 기억에도 생생하다. 가장 기본으로 여기는 고전 줄타기부터 시작했다. 무슨 속셈이었을까, 아버지는 정호의 줄타기를 위한 고사상까지 마련했다. 두어 가지의 과일과 시루떡, 북어 한 마리로 갖추어진 줄 고사였다. 마지막으로 절을 한 정호가 작수목을 타고 올랐다. 펼 부채를 쥔 양손을 좌우로 흔들며 한 박자에 한 보씩 줄 위를 걸었다. 무사히, 무사히 건너편 작수목에 도착했다. 그때 하늘만 바라보며 불안해하던 아버지의 얼굴에 피어나던 하무뭇함이라니.

뒤로 걷는 줄타기는 실패했지만 정호의 연희는 퍽 성공적이었다. 드디어 정상적인 줄에 오른 정호, 점점 아버지를 빼 닮아가고 있었다. 한 주일 뒤, 정호는 첫 시도에서 실패로 끝났던 뒷걸음에도 성공했다. 아버지는 정호의 줄타기에 장단 맞추는 일에 열중했고 염불장단이 시들해질 때쯤 정호는 자진타령에 맞추어 앞으로 종종걸음을 타기 시작했다. 그리고 열일곱을 한 달 앞둔 어느 날부터 앉아서 왼쪽돌기에 성공해 내더니 다음 날 거짓말 같이 닭의 홰타기를 마치고 내려왔다. 정호의 발전은 아버지 맘을 만열하게 했다.

열여덟, 정호가 맞이한 나이였다. 앵두나무에 연분홍 꽃이 주렁주렁 맺혀 든 봄날이었다. 그날 아버지의 표정을 잊을 수가 없다. 많은 날을 정호에게 외홍잽이 전수에 마음을 쏟던 아버지였다. 드디어 정호가 아버지의 으뜸기예인 외홍잽이에 성공한 날이었다.

줄의 중앙 지점에서 한 발을 내린 채 줄에 걸터앉았다. 그런 후 순식간에 탄력을 이용한 다른 쪽 발이 벌떡 일어섰다. 아버지는 놀라다 못해 말을 잊지 못했다. 그냥 두 손바닥을 두드리기만 했다. 잘했어, 잘했어. 기술을 전수받는 제자의 한마루 뛰어넘는 연기였다. 아버지 얼굴의 넘노는 흥분은 그예 화사한 앵두꽃으로 피어나고 말았다. 다음 날엔 외홍잽이 풍치기에 들어갔다. 내렸던 발을 앞으로 뻗었다가 다시 또 늘어뜨리는, 정호의 줄타기는 날마다 깊은 경지로 빠져들기 시작했다. 흡족해마지 않는 아버지의 기대에 어긋나지 않기 위해 정호는 땀을 흘리고 또 흘렸다. 그 땀 모두를 모으면 자그마한 도랑이라도 만들어 낼 성싶었다. 곧 이어 양다리 외홍잽이며, 쌍홍잽이, 겹쌍홍잽이, 옆쌍홍잽이……등등, 아버지를 넘어서기 위한 정호의 기예는 날마다 빛을 발했다. 그러나 정호의 줄타기가 승승장구, 무탈하게 전진하기만 한 건 아니었다. 아버지가 꼭 전수시키고파 심혈을 기울였던 쌍홍잽이 거중틀기였다. 원숭이도 나무에서 떨어질 날 있다 했던가, 난이도가 높은 거중틀기에서 정호가 줄에서 미끄러지고 말았다. 양다리 사이의 줄을 끼고 앉았다가 공중으로 솟구친 몸을 내릴 때 180도로 돌아앉아야 하는 연속 동작이었다. 잘 돌아가는가 싶었다. 두 번째 거중틀기를 하면서 그냥 줄을 놓친 것이다.

정호의 머리에서 피가 흘렀다. 아버지는 그런 정호를 업고 마을로 달려갔다. 미양 또한 정호의 신발을 품에 안고 뒤를 쫓았다. 다행히 가벼운 외상이었지만 한동안 줄에서 물러나 있어야 했다. 정호는 견딜 수 없는 무료함을 함부로 드러내곤 했다.

"그래도 또 줄을 타고 싶어?"

작수목을 이리저리 만지며 서성거리는 정호에게 물었다. 암말 없이 삼줄을 올려다보는 정호의 대답은 들을 필요도 없었다. 눈과 맘속엔 오직 실패한 거중틀기 도전의 열망으로만 넘쳐났다.

"넌 분명 줄 귀신이야."

"맞아, 나도 그런 거 같아."

놀림이었건만 말을 피할 요령도 없었다. 천성이 착한 정호였다. 줄에 올라서기만 하면 한 마리 새였다. 금방이라도 하늘을 날아갈 날개를 숨겨둔 새였다. 땅을 걷는 걸음이 도리어 서툴렀다. 줄타기 이외 다른 일은 그저 헛놀음일 뿐이었다.

-망했구나, 망했구나, 빈대 한 마리 안 남겼구나. 그러나 저러나 저놈의 근본을 이를 것 같으면 살기로는 댓골 막바지 살고, 먹기로는 열여섯을 먹었는데, 어름판에 올라와 조고마한 놈이 뭘 하겠다고 올라왔는지 한번 내가 볼 것이오. 아 이 새끼 중아 네가 여길 올라올 적에는 여기서 재주를 부려 보겠다고 올라왔것지?-

정호는 하얀 장삼에 고깔 모, 가슴에 붉은 띠를 가로지른 땡중 차림이었다. 중 타령이 한창이었다. 아버지는 정호의 매호 씨가 되어 정호를 상대하고 있었다.

-그렇지! 그 놈 앙큼시리 말 한번 잘한다.-

-그럼 네가 이 얼음판을 건너갈 수 있단 말이어?-

-아, 그야 물론이지.-

-그럼 네 한 번 해봐라.-

-내 한 번 건너가는데 잘 건너가면 재주가 용코 못 건너가면 재주가 메주가 되는 판이럿다.-

고깔을 둘러 쓴 정호의 얼굴에 땀이 흘러내렸다. 가을바람에 정호의 장삼이 마치 바람이듯 하늘거렸다.

-그 한 번 갔다 오기가 힘이 드는구나. 여기서 보기에는 얼마 안 되기에 맘 놓고 건너갔다가 죽을 똥 쌀 뻔했네. 그러나 갔다 오긴 갔다 왔으나 또 건너가기가 난감하군. 가심이 두 근 반 서 근 반하고 다리가 벌벌 떨리고 정신이 앗찔! 그러나 또 건너가 보는데.-

－어허 그 놈 낙동강 오리알 떨어질 듯 뚝 떨어질 줄 알았더니 메주가 재주로구나.

　……－

　－엑기 이놈 네미 쓸개가 붙을 놈, 자 그러면 이번에 줄을 늘이는데 양발을 늘이는 거렸다.－

　거미줄 늘이는 잔노릇을 시작해야할 때였다. 외움이 빈약한 정호가 그만 아니리를 잊어버리고 만 것이다. 가방을 든 채 미양은 정호가 놓친 아니리를 큰소리로 외치고 말았다. 미양의 아니리에 줄 위의 정호 얼굴이 발개졌다. 어진혼이 나간 정호가 중심을 잃고 그냥 떨어지고 말았다. 다행히 다친 데는 없었지만 그날부터 미양에게 접근금지 선고가 내렸다. 근처에는 절대 얼씬거리지 말라는 아버지의 엄한 불호령이었다.

　미양은 아버지가 없는 틈을 타 가끔 정호의 아니리 상대가 되어주곤 했다. 정호는 암기 능력이 부실한 자신을 부끄러워할 줄도 몰랐다. 줄 타는 것보다 아니리 읊는 게 훨씬 어렵다고 나지막하게 말했다. 마치 뭔 비밀 고백이라도 하듯.

　아버지의 꿈인 정호는 고등학교를 졸업도 하기 전에 남사당패 연희에 고정 출연을 했다. 그런 날이면 학교를 쉬었다. 정호에겐 줄 타는 일보다 더 중요한 건 없었다.

남사당 패거리들은 놀이판이 없는 틈을 타 농사를 지었다. 주로 기능을 잃은 저승패들이 농군이었다. 집안을 지키는 아낙들도 여름지이에 힘을 쏟았다. 여름 내내 모투저긴 먹을거리는 겨울을 수월하게 넘길 재산이었다. 그래서 월동준비를 위한 사당패들은 울력다짐으로 온힘을 보탰다. 남사당 패거리들 역사에 겨울지내기는 늘 아프고 된정나는 기억이었다. 그래서 되숭대숭 넘기지 않았으며 빈틈 하나 없는 겨울 준비였다. 힘을 부릴 줄 아는 사람들 모두의 몫이었다. 자신을 잡도리하듯 미양 아버지 또한 비끌리는 일 없이 철저했다. 그 완벽함은 무서우리만치 엄격했다. 겨울이 지나고 봄이 오면 아버지는 모든 걸 총괄하는 꼭두쇠로 돌아와 바삐 움직였다.

　상쇠를 맡은 풍물잽이 총수 상공운님의 꽹과리는 정수 아재다. 장고잽이인 영복이 아저씨도 개울 건너에 기거했다. 그를 모두 고장수님이라 칭했다. 아버지는 남사당놀이의 예능자 모두에게 예우를 갖추어 대접했다. 각 연희 분야의 선임자인 뜬쇠를 부를 때면 늘 존칭을 놓지 않았다. 날나리와 땡각잽이 돌쇠아저씨를 호적수님, 벅구잽이 우두머리에겐 벅구님, 선소리 중의 앞잽이에겐 회덕님이라는 등, 젊고 늙음의 구별 없이 존중이 담긴 호칭으로 대했다.

　사당 마을 건너편엔 곳집이 있었고 그 옆에는 무당 출래가 서른 살이 넘는 딸과 금방 무너질 듯한 오두막에 기거했다. 출래의 딸은 말이 굳은데다 눈은 칼집만 살짝 내 놓은 눈사람 같았다. 밥 먹듯 허방을 짚어 얼굴엔 늘 상처를 달고 다녔다. 그렇도록 외진 마을에는 모듬살이에 실패한 사람들이 모여 살았다.

바우덕이

안성 청룡 바우덕이 소고만 들어도 돈 나온다.
안성 청룡 바우덕이 치마만 들어도 돈 나온다.
안성 청룡 바우덕이 줄 위에 오르니 돈 쏟아진다.
안성 청룡 바우덕이 바람을 날리며 떠나를 가네.

여름의 시작머리는 섣부른 장맛비에 갇혀 모든 시간들이 안개로 아물거렸다. 하늘과 바람과 구름, 산들의 나무도 그러했다. 사물의 실제를 차단하고 나서는 암울한 안개는 불안의 조짐처럼 모든 시간들을 점거하기 시작했다. 천천히, 아주 천천히 하나 바쁠 거 없는 걸음이었다. 어느 누구의 지시일까, 치밀한 음모는 언제나 천천한 걸음으로 기척도 없이 다가온다.

고향을 떠나온 건 옭매듭으로 묶여 있던 모든 것을 버리기 위한 마지막 수단이었다. 정호가 여름사니를 버려준다면 그 흔적들은 쉬이 지울 수가 있을 것이라 믿었다. 그러나 정호는 약속을 지키지 못했다. 정호와의 갈등은 점점 악화되었고 몸과 마음은 지쳐갔다. 막다른 피안이듯 여권부터 만들었다. 언제든 떠날 것처럼 가방도 준비했다. 맨 밑자리에 통장도 숨겨 넣었다. 탈출을 위한 완벽한 준비였다. 지구, 라는 너른 땅덩이에 갈 곳은 딱 한 곳, 인도네시아의 어느 섬이었다. 그 섬은 암울한 삶을 숨 쉬게 해준, 미양의 은밀한 북극성이었다. 벼랑 끝에 섰을 적이나, 절망의 횡포에 시달릴 적이나 구원의 손길을 내밀어주던 곳이었다. 떠나야지, 라는 말은 순간순간을 살아낼 수 있는 힘을 건네 준 메시지가 되어주었다. 그렇게 준비했지만 쉬이 공항을 향하는 버스에 오르진 못했다. 멀어져 가는 버스 뒤꽁무니를 하염없이 바라만 보았다. 삶의 마지막 도피처였으며 희망의 보루였던 비행기는 그녀 앞에서 쉼 없이 증발하곤 했다.

지친 맘은 시외버스 터미널을 향했다. 당장 어딘가의 땅을 찾아내지 않으면 견뎌낼 수가 없을 것 같았다. 터미널 벽에 적혀있는 글들을 읽어나갔다. 많은 이름들이 아득한 벽 아래를 타 내리고 있었다. 그 이름에 맞는 버스표를 구입하면 언제든 만날 수 있는 도시들이었다. 그때 문득 마음을 건드리는 이름을 만나게 된다. 아니, 마음속으로 조용히 흘러들어 왔다는 말이 알맞을 게다. 안성, 안성이라는 도시였다. 안성행 버스표를 손에 거머쥐었다. 안성은 바우덕이의 마을이었다. 한 번도 밟아본 적이 없는 땅이었지만 전혀 낯설지 않았다. 바우덕이란 의미만으로도 모험을 시도해 볼 만한 마땅한 도시, 안성이었다. 어쩐지 바우덕이가 당장의 아픔을 위무해 줄 거라는 기대도 손을 내밀어주는 같았다. 어린 미양의 꿈속을 잠깐 다녀갔던, 젊은 나이로 삶을 마감한 그녀의 흔적이 남아있는 곳, 애초에 맘 정하고 시작한 여행이듯 안성 행 버스에 훌쩍 올랐다.

김암덕, 가운데 암자가 바우로 변해 바우덕이가 된, 최초의 여성 꼭두쇠이다. 홀아버지가 세상을 떠나자 의지가지없는 그녀는 곧바로 남사당패에 맡겨진다. 아버지의 줄타기가 요술 담요처럼 환상의 기예라는 걸 믿고 있던 예닐곱 살 적, 바우덕이는 미양의 미래였다.

안성사람, 그녀의 전설적인 이야기가 시작되면 미양은 아버지 앞에 쫑긋 귀를 세우곤 앉았다. 머슴살이하던 아버지를 다섯 살에 여윈 이야기며, 소고와 염불, 줄타기를 익힌 거며, 열다섯 나이에 여자로서 최초 꼭두쇠가 된 바우덕은 미양의 어린 꿈을 사로잡기에 충분했다. 풋내 나는 꿈이었다. 결코 나이만큼 더 자라지도 않을 꿈이 될 거라는 건 몰랐다.

그랬다. 그 꿈을 품고 살았던 날들조차 오래이지 못했다. 바우덕이가 남사당패의 우두머리가 된 나이, 열다섯도 되기 전에 그 꿈은 산산조각 나고 말았다. 얻는 것과 잃는 것의 공존은 나이 듦이 알려 준 엄중한 계산법이었다. 아버지의 줄타기가 세상의 흠모를 받지 못할 것이라는 현실 또한 나이가 부린 횡포였다.

비록 꿈은 버림당했지만 열다섯이란 나이로 남사당 조직에서 꼭두쇠가 된 바우덕이에 대한 경외심은 버리지 못했다. 어떤 여자였을까, 도대체 어떤 어름사니였으면 어린 나이에 꼭두쇠로 군림할 수 있었을까. 그녀가 살다간 세상에 대한 궁금함은 늘 가슴 언저리에 얹혀 물러 갈 줄 몰랐다.

먼 길이었다. 손가락 한 개쯤으로 가늠되는 지도의 거리였지만 복잡한 교통편이 시간을 많이도 훔쳐갔다. 안성 터미널에 도착했을 때 오후의 시간들이 반나마 지나가고 있었다. 청룡사 행 버스에 올랐다.

바우덕이 땅, 안성에서 사흘을 머물렀다. 청룡사를 품고 있는 불당골, 청룡호수가 보이는 민박집에 가방을 풀었다. 여름 장마를 품고 있는 호수는 안개 속을 헤매고 있었다. 파스텔 톤으로 채색된 그림처럼 다감했다. 청룡호수를 앞에 두고 눈을 떴고 나직한 기운으로 걸어오는 밤을 기다리곤 했다. 이른 아침, 호숫가를 걸어 청룡사를 올랐다. 억불정책의 조선 시대, 청룡사는 의지가지없는 사당패들의 대표적 근거지로서 더 유명하다. 사찰은 불교만큼이나 업신여김을 받던 사당패들을 보듬어 주었다. 경복궁을 복원할 때 안성 개다리 패 바우덕이는 부역 나온 백성들과 일꾼을 위로하기 위해 흥선 대원군의 초청을 받는다. 그러면서 바우덕이는 한 시대를 풍미한 톱스타가 된다.

사찰을 왼쪽에 두고 오솔길을 따라 바우덕이 사당을 찾았다. 만만찮은 돌계단을 거느린 사당, 첫 계단에 앉아 서운 마을을 내려다보았다. 바우덕이 걸음을 수없이 허락했을 그녀의 땅이었다. 불당골을 찾아드는 개다리 패거리들의 두런대는 소리들이 골짜기를 차고 올라오는 것 같았다. 길가, 쇠락하는 풀잎들이 황량한 풍경으로 주저앉을 때 귀환하는 그들의 걸음은 결코 서럽지 않았을 것이다. 참독한 겨울을 품어줄 청룡사가 기다리고 있었기에.

미양은 날마다 계단에 앉아 바우덕이 패거리들을 기다렸다. 그러면 약속이나 한 듯 분주한 웅성거림의 무리들은 어김없이 계단을 타고 올랐다. 당찬 계집아이 김암덕의 후림불로 한 겨울의 안주를 위해 청룡사로 모여드는 패거리들이었다. 하나 둘, 짐을 풀어 헤치는 소란스러움은 청룡사 너른 마당을 차고 올랐다. 그들의 겨울을 보듬어주기 위해 늘 기다려 주던 사찰, 청룡사.

청용사 대웅전 앞에서 경건하게 합장했다. 그 앞에 다소곳 앉은 석탑을 다섯 번쯤 탑돌이 하며 나무아미타불을 읊조렸다. 누군가의 추운 겨울을 위로해주고 떠돌이 삶을 안아준 사찰, 청룡사에 감사하는 마음이었다. 하루에 한 장, 기와불사도 했다. '그대 행복하길, 내가 사랑하는 이름들이여!' 언제나 똑같은 말을 기왓장에 새겨 넣었다. 검은 테 안경의 스님이 싱긋 웃었다. 자주 마주치던, 부처를 닮은 스님이었다. 불전함을 위한 지폐 몇 장, 그리고 기와불사로 춥고 배고픈 자들의 한 계절을 보장해준 사찰에 보은하는 마음을 대신했다. 젊은 나이로 세상을 떠난 바우덕이의 영혼도 빌어주었다. 청룡사의 신표로 바우덕이 패거리들은 겨울나기가 수월했을 것이다, 라는 생각에 머물면 미양은 버릇처럼 아버지를 떠올렸다. 신표, 아버지도 어느 사찰의 신표를 거머쥘 수만 있었다면 엄마가 음지의 지대로 내몰리지 않았을 것이었다. 그랬다면 엄마의 삶은 결코 굴욕적이지는 않았으리라. 바우덕이를 보듬어준 청룡사, 그 사찰은 미양의 가슴에 박힌 설움의 상징이기도 했다. 겨울의 중심에 선 것처럼 늘 맘을 시리게 했던 청룡사의 신표였다.

오후는 바우덕이의 묘소를 찾는 일로 시간을 잡았다. 하루도 빠짐없이 막걸리와 북어, 몇 개의 과일을 갖추어 참배했다. 생전에 내려다보는 것을 좋아했던가, 많은 돌계단을 오른 후에야 그녀의 누운 자리를 만날 수 있었다. 한 시대를 풍미하고 간 바우덕의 일생에 비하면 묘소는 소박했다. 묘비에는 이렇다 할 기록 같은 것조차 없었다. 묘 자리에 앉아 미양은 그녀처럼 아랫마을을 함께 바라보았다. 그녀가 사랑하고 의지한 서운 마을의 여름이 한 장의 그림처럼 아늑하게 다가왔다.

그런 후 맘 편히 돌아왔다. 살아온 날에 쟁여 두었던 무거운 숙제 하나를 해치운 듯 가벼워졌다. 엄마의 오욕도 청룡사 대웅전 너른 마당에 다 버리고 왔다. 어린 나이의 꼭두쇠 바우덕이가 폐앓이로 세상을 버리고 간 삶, 그녀의 생이 사랑하는 사람의 품에서 행복하게 살다간 엄마의 것 보담 찬란했을까, 물론 알 수는 없었다. 사랑이 함께하는, 엄마는 그 삶을 누리다 떠났다. 그 사실을 보물이듯 안고 돌아왔다. 바우덕이 묘 앞에 술잔을 따르면서 애닮은 나이로 떠난 그녀의 불꽃같은 삶에 진심으로 경의를 표했다.

　그런 모양의 삶이 지나가는 동안 또 하나의 봄이 왔다.
　새벽 박동, 정호는 안성 떠날 준비를 서둘렀다. 두 번씩 해마다 찾는 안성 땅이다. 봄은 사당패들의 친목 공연이라지만 사실, 가을의 바우덕이 축제를 위한 리허설이라고 하는 게 나을 게다.
　바우덕이는 남사당 패거리, 아니 정호에게도 절대로 대수로운 이름은 아니다. 안성을 찾는 것 또한 바우덕이를 추앙하는 정호가 살아내는 삶의 방법이었다. 가을이면 바우덕이 축제로 술렁이게 하는 안성 마을, 정호는 그 가을의 핑계로 새로운 봄을 해마다 맞아들이곤 한다.
　설렘 때문이었을까, 아침의 아래층 기척이 2층까지 올라왔다. 밤새 문 여닫는 소리가 조심스레 들려왔다. 그럴 적이면 미양도 함께 잠을 설치곤 한다. 지금은 뭘 하는 겔까, 방바닥에 귀를 바짝 붙여 보았다. 그러면서 느낌으로 정호의 거동을 따라 나섰다. 사르르 벽장문 열리는 소리가 들려왔다. 소리를 낮추기 위해 정호는 문 양쪽을 부여잡고 조금씩 들어서 당기는 중이었다. 부스럭거림 뒤에 방바닥에다 뭔가를 쏟아 놓는 소리가 이내 올라왔다. 삼줄이다. 제법 무거운 느낌으로 올라오는 걸 보면.

잘 사려 놓은 줄일 텐데 정호는 그걸 다시 쏟아놓고는 손으로 훑어나가고 있으리라. 줄 꽃에 대한 정호의 염려는 유난스러웠다. 보푸라기처럼 꽃이 피어나는 건 제 늙음을 부르짖는 줄의 경고이기도 하다.

잔노릇에 따르는 복장이며 모자의 먼지를 털어내고 복장의 구겨진 부분은 다림질로, 정호의 준비는 절대 두손매무리가 없다. 그렇게 허술함 없이 준비를 마치고도 재 없다 싶을 때에야 그것들을 조심조심 가방에 챙겨 넣었다.

누룽지라도 끓여 볼까, 엊저녁 미양은 지나는 말처럼 흘려 보았다. 문을 열고 들어가던 정호는 고개만 설레설레 저었다. 커피 한 잔이면 돼. 그러니 일찍 일어날 필요가 없다는 말이었다. 빈 입으로 길 나서게 하는 게 맘에 걸려 다시 조금만 끓여볼 게, 그랬어도 고개를 저었다. 공연 계획으로 떠나는 날이면 정호는 더욱 미양의 관여를 사양했다. 그런 날이면 주눅 든 아이처럼 짐을 챙겨 조심스레 떠났다. 미양의 손길을 빌리지 않으려 애는 쓰지만 항상 정호의 기척과 함께 눈을 떴다. 모든 걸 챙겨 숨소리까지 죽여 집을 나서는 정호, 미양은 집안에서 그의 거동을 다 지켜보곤 했다.

짐을 다 실은 후, 정호는 자동차 문손잡이를 잡고는 자신이 빠져나온 집을 바라보며 서 있었다. 살며시 커튼을 젖히고 밖을 살피는 미양도 눈 안에 이미 담아냈으리라. 잠시 지켜보던 정호는 자동차 문을 열었다. 안전벨트를 착용하자마자 부르릉, 한숨 같은 연기를 쏟아내는 자동차.

눈을 밝힌 헤드라이트가 길 앞에 진을 치고 앉은 어둠을 걷어내었다. 그리곤 눈 더미를 쌓아 두듯 짙은 어둠들을 길가에 몰아세우며 골목을 빠져 나갔다. 자동차 소리가 멀어진 한참 후에야 미양은 손에 움켜쥔 커튼을 풀어냈다. 그리곤 아래층 계단을 밟아 내려갔다. 뭔 요기라도 하고 갔나, 주방을 살펴보았다. 정호의 녹색 커피 잔이 싱크대 선반에 물기를 빼느라 몸을 뒤집고 있었다. 식탁 가운데의 레몬 차 병은 비스듬히 뚜껑을 머리에 눕혀 놓은 채다. 어제 사다 놓은 레몬차, 언제나 유리병 뚜껑은 손목 힘이 센 정호 몫이다.

정호가 두고 간 식탁 의자에 앉아보았다. 고개를 젖힌 레몬 병은 야단맞은 아이 모습이다. 정호가 앉는 의자와는 물리적 거리만으로도 그닥 멀지 않다. 소소한 소리도 쉬이 잡히는 맞은바라기이건만 왜 그렇게 아득한 느낌으로 앉아 있을까. 갸우뚱, 목을 기울인 유리병은 정호의 시선이듯 그녀를 빤히 바라보았다.

유진이 떠난 후 제일 먼저 한 일은 식탁 바꾸기였다. 한 식구가 줄어들었음에도 미양은 넷이 앉던 식탁을 처분했다. 그리고는 6인용 식탁으로 교체했다. 여섯 개의 의자와 함께 식탁이 들어오던 날 정호는 아무 말이 없었다. 맘을 굳게 닫는 미양의 선전포고라는 것을 충분히 짐작했을 것이다. 서로의 거리가 멀어진다는 의미도 물론 헤아렸을 터이고. 말이 필요 없는 사이, 그런 두 사람에게 너른 식탁은 냉랭한 거리를 적당하게 조절해 주었다. 반찬 그릇은 따로따로 제 몫을 차지할 수 있고, 서로의 얼굴빛을 들여다보는 부담도 덜 했다. 그러면서 식탁은 말이 없는 대화 장소로 활용되기도 했다. 새로 사온 병이나, 날짜가 가까워진 세금 고지서 또는 지불해야할 대금 지로 용지 등, 이런 문제들을 얹어 놓으면 알아서 서로의 몫을 찾아 해결했다. 너른 식탁은 문제와 답을 풀어내는 매개 역할을 훌륭하게 해냈다.

안성에서 일을 마치면 정호는 또 다음의 목적지를 향해 떠날 것이다. 풀기 없는 빨랫감 마냥 축 늘어진 정호에게 안성이란 땅은 빳빳한 생기를 불어넣어 주는 곳이다.

닷새의 친목 공연을 끝내면 짐을 챙겨 섬으로 방향을 바꿀 것이다. 정호의 삶에 대들보였던 아버지의 기일이 꼬리처럼 일정에 붙어 있기 때문이다. 주요한 일들을 정호는 모노드라마 배우처럼 혼자서 잘 소화해냈다. 물론 미양의 동행을 권한 적도 없었다. 무심한 듯 떠났고 그 모두의 스케줄 내용은 손바닥 안이듯 훤히 헤아릴 수 있었다. 묘소를 둘러보고 헐은 부분을 보수한 후 당신 좋아하던 막걸리 잔으로 차례를 지낸 후 제가 살았던 사당마을을 이곳저곳 살피며 변한 것들에 잠깐 맘을 앓기도 할 것이다.

어느 해던가, 스케치 해온 고향 소식을 식탁 위에다 혼잣말처럼 풀어헤쳤다.

"옛날과 많이 달라졌더구먼. 우리 때 흔적은 깡그리 사라져 버리고 말았어."

깡그리, 라는 말쯤엔 울림이 달랐고 '우리 흔적'이라는 말은 남사당마을을 비껴 간 표현이었다. 아직껏 남사당은 미양의 치부였으며 정호는 그 사실을 깊이 알고 있었다. 함부로 드러낼 수 없는 옛날의 모든 것에는 항상 간접적인 언어로 살짝 말을 돌렸다. 미양은 밥상을 차리던 손을 멈추지 않으며 귀여겨들었고 전해지는 떨림까지 충분히 감지했다. 약간의 회한과 분노가 섞여 퍼지는 소리의 파장까지도.

"칠봉이 할배 살던 뒤 켠 길 주위로 복자 성지라든가 그런 게 생겼더만. 제법 너르게 자리 잡은 거 보면 꽤 유명한 사람인가 보던데. 왕대 숲 사이로 길을 만들어 그럴 듯하게 꾸며 놓았는데 걸을 만 했어. 계곡도 슬며시 살려 내고 아즉도 편백나무가 말짱하게 서 있는 모양이 옛날 으늑함을 버리진 않았더만."

복자 성지라, 그 말쯤에 윤후를 생각했던 건 사실이었다. 녹슨 함석지붕의 공소는 사당마을과 사람마을 사이의 벌판을 편 가르듯 서 있었다. 녹 자국 부석부석한 철재 사다리를 가진 종루는 조촐했고 미사가 있는 날이면 은은한 종소리가 위아랫물지는 두 마을을 휘감고 돌아 나갔다. 공소는 오른쪽의 당산나무와 나란히 앉아 남사당마을과의 경계를 엄격하게 긋는, 징표 같기도 했다. 종소리는 한없이 위안이 되었다간 또 어떤 날은 너희들 범접을 막는다는 엄중한 경고처럼 들려오기도 했다. 그곳에 성지가 생겼다니,

그건 짐작할 만했다. 윤후 아버지에게서 천주교 박해 때의 수난사를 자주 들었던 터였다. 교우들 발뒤꿈치를 뚫어낸 구멍에 줄을 엮어 진주로 끌고 갔다는, 참혹한 광경을 말할 때는 목소리가 떨리곤 했다. 윤후네가 떠났는데도 마을의 하느님은 지금도 그곳을 지켜주고 있구나. 미양의 가슴에 뭔가 울컥 치밀어 올랐다.

"축대가 헐거워졌는데 혼자 손볼 일이 아니라 내려가면 품을 좀 사야될 거 같고."

혼잣말처럼 뱉어낸 축대란 아버지의 산소라는 것도 알았다. 이번에 내려가는 길, 마침가락으로 일꾼들 사서 야무지게 마무리 짓고 올 것이다.

그 말이 어쩌면 이번 참에 함께 내려가지 않겠느냐며 넌지시 떠보는 의양쯤으로 들렸다. 그랬어도 미양은 흘려듣는 척했다. 정호는 미양의 말없음에 이미 답을 얻어내었을 것이다. 고향을 떠난 후 아버지의 묘소를 찾은 적이 한 번도 없었다.

"우리 터에도 관광 농장이 들어섰고 길도 삼거리를 관통해 신현 마을에서 직통으로 뚫려 많이 빨라졌어."

정호가 들려주는 말을 가슴에 담고 어린 날 기억의 배경을 재구성해 그림을 그려보곤 했다. 정호가 그렇게 떠난 아침, 바람이 자꾸 창을 두드리며 지나갔다. 미양은 손을 멈추고 멍히 창밖을 바라보았다. 세찬 바람씨에 나뭇가지들이 휩쓸리고 있었다.

풍, 바람

봄은 제 기척으로 바람을 앞세운다. 멀쑥한 마가목 우듬지에 걸터앉아 오늘도 그 긴 목으로 풍경을 살핀다. 그러다간 호수로 달려가 수면을 허옇게 할퀴며 부랑자처럼 떠돌아다닌다.

창가에 서서 미양은 바람의 거동을 바라본다. 눈에도 손에도 잡히지 않으면서 안간힘으로 자신을 증명하려고 하는 저 맘은 무엇일까, 그렇지만 그들 생리에 길들여진지 오래다. 감히 인간을 부리려는 그들의 힘, 많은 날들을 두려움으로 보낸 어린 날들이 창밖 늦겨울 풍경을 주도하는 바람으로 실려 온다. 손바닥을 가슴에 펴 바람 기운을 가만 쓸어내린다.

창 안을 넘지 못해 덜컹거리는 바람을 내버려두고 등을 돌리려는, 그때를 기다렸다는 듯 휴대폰이 울렸다. 국제전화다. 온갖 방법으로 출몰하는 보이스 피싱이겠거니, 장황한 숫자에서 눈을 거두어들였다. 우유 한 잔을 데우고 빵 한 조각을 굽는 시간을 또 신호음이 훼방 놓았다. 역시 국제전화다. 넌 누구니, 미양은 글자만 빤히 드려다 본다. 받아 줘. 계속되는 신호음은 그녀를 자꾸 재촉했다. 책임을 회피하려는 듯, 망설임과 궁금함이 다투는 사이 허락도 없이 손이 저 먼저 폴더를 열고 만다.

"미양이니?"

"……."

약간 새는 듯 어눌한 발음이다. 우리말을 제법 해내는 외국인이거나, 오랜 외국 생활에서 잃어버린 모국어를 서툴게 이어가는 교포이거나, 그런 류의 억양이라는 게 얼추 비슷한 추측일 거 같다. 가만 다음의 말을 기다려본다. 누굴까, 하며.

"나 화란이야."

자신의 이름을 밝히는 목소리에서 순간 의심은 벗겨졌다. 화란이라는 이름을 앞에 두고 잠시 먹먹해졌다. 쉽게 말문이 열리지 않았다. 순간이지만 휴대폰을 쥔 손에서 땀이 배어 나오는 것 같았다. 화란이라니!

"미양이, 미양이 아니니?"

조금은 불안하면서 석죽은 듯한, 그 목소리가 미양의 맘을 다시 불러 앉혔다.

"노화란?"

언제 그랬냐는 듯, 미양의 목소리는 능청을 부리는 중이었다. 그 이름을 까마득한 어느 기억에서 겨우 건져내었다는 듯, 알맞게

뜸까지 들인다. 뇌의 어느 기관이 도왔을까, 미양은 얄팍해진 제 심보에 고소를 금치 못했다.

"맞아, 나 노화란이야. 넌 지금도 그것 못 버렸네. 내 이름 앞에 성까지 분명하게 붙여 부르는 버릇 말이야."

아주 천천히, 틀리지 않게 읽어나가려 애쓰는 억양이었다.

"내가 그랬나?"

"그랬지. 유독 내게만 그랬었지. 마치 접근금지, 더 이상은 안 돼, 하는 경고 같았어. 은근히 냉정하기도 했지. 바리케이드라고 하면 알맞은 표현이 될까, 내게만 분명한 금을 긋는 거 같았어."

"그래? 넌 별 걸 다 기억한다."

"좀 무서운 금이었어. 하하하. 내 말투가 좀 그렇지? 오랫동안 한국말을 쓰지 않은 탓도 있어."

"잘 들려."

묵혀 둔 감정이 조절했을까, 미양은 어느새 동문서답 중이었다. 화란은 자신의 말투에 신경을 썼지만 미양은 청각의 한계로 답하고 있었다. 그녀는 오래전에 그어 놓은 미양의 금을 분명하게 기억하고 있었다. 화란을 만난 건 읍내의 고등학교에 진학한 후였다. 삼 년 동안 그녀에게 마음의 빗장만 걸어 둔 거밖에 생각나지 않았다. 물론 생각의 방향과 생활환경이 다른 화란에게 이질감이 관여한 것도 사실이었다. 솔직하게 말하자면 윤후에게만 샘바른 화란이 늘 맘에 걸렸던 탓이었을 게다. 붙임성이거니, 했다. 윤후에게 그렇도록 깊은 맘을 두고 있었다는 건 짐작 못했다. 미양은 거실 긴 의자에다 편히 몸을 묻었다. 다리까지 올려놓고 금방 누울 듯 편한 자세를 취했다. 뜻밖의 전화였다. 화란의 목소리를 다시 듣게 되리라, 꿈에도 생각해 본 적이 없었다. 안부를 주고받을 만큼 편한 관계도 아니었다. 먼 길을 달려 온 화란의 전화가 결코 예사롭지 않다는, 그 사실만은 분명했다. 약간의 긴장이 그녀와의 거리 안에서 놀아나기 시작했다.

"그리고 어눌한 이 말에도 이유가 있어. 한 삼 년 되었네. 내가 사실 좀 아팠거든. 그래서 말의 모양이 좀 제멋대로야. 이제는 많이 호전되긴 했지만 말이야. 사람들은 왜 이런 증상에 풍을 맞았다고 말하는지 몰라. 나도 바람을 맞고 말았거든. 바람, 참 재밌지 않니? 바람을 맞았다는 우리말의 행보가 말이야."

말끝에 웃음까지 달아냈다. 화란의 여유와는 관계없이 미양은 얼른 몸을 일으켰다. 바람이라니, 화란이 들먹인 풍, 이란 말은 충격이었다. 어찌 되었건 결코 허투루 들어낼 말이 아니었다. 화란 앞에다 마련해 두었던 마음고름은 잠시 한쪽에 밀쳐놓았다. 미양은 휴대폰을 두 손으로 꽉 움켜쥐었다.

"어쩌다가?"

"지나가던 바람에 내가 정면으로 부딪힌 거지 뭐. 바람은 날 선택했고 나는 피하지 못했고, 마침가락 같이."

어디에서 온 여유일까, 화란의 말투는 남의 이야기이듯 가벼웠다. 혼란스럽고 답답한 건 오히려 미양이었다.

풍, 바람.

화란은 뇌졸중을 말속에 함부로 담아냈다. 잠깐 숨을 고른 후 화란의 전화를 다시 정리해 보았다. 뇌졸중의 다양한 증세 중 어느 부분일까. 뇌혈관이 터지거나 막혀 뇌 세포가 죽게 되면 이 부분을 담당하던 기능이 장애가 되었을 것이다. 어눌한 말투의 이유가 풍에 의한 것이 아닐까, 그랬던 모양이었다. 요양원 환우들처럼 휠체어에 폰을 잡고 앉아있는 화란의 모습이 금방 그려졌다. 그러나 묻지 않았다. 미양이 기억하는 화란의 마음씨갈로 짐작하자면 조급해 할 필요가 없었다. 속으로 삼키는 법이 서툰, 늘 감정을 함부로 드러내어 상대를 휘두르는가 하면, 제가 하고 싶은 건 기어이 해내는 성미였다. 기다리지 않아도 될 성싶었다. 장황하게 자신을 설명하고 나설, 사실로 말하자면 좀 유체스러운 화란이었다.

"그런데 내 전화는 어떻게 알았지. 번호가 몇 번 바뀌었는데."

"좀 오래 걸렸어. 나를 겨냥한 맞바람을 대강 정리하고 나서 제일 먼저 너를 생각했어. 여러 방면으로 수소문했겠지. 올케, 우리 올케 알지? 널 좋아했잖아. 참 너랑 잠시 같은 학교에서 근무했단 것도 알아. 올케에게 부탁했더니 찾기가 좀 수월하더구나. 난 그것도 모르고 이곳저곳 엉뚱한 곳에만 손 내밀었는데 말이야. 너의 나라 주민등록 시스템은 최상급이더만."

너의 나라, 라고 했다. 화란의 마음에서 미양의 땅은 남의 나라
인 셈이었다. 그 말에서 미양은 화란과의 거리감이 물리적인 것
만이 아니었다는 것을 깨달았다. 화란의 말에서 비밀한 곳에 숨겨
두었던 이질감이 재발하는 것 같았다.

"응 그랬구나."

"미양아, 네게 가끔 전화해도 돼? 내 전화 좀 받아 주면 안 돼?
몇 번이나 전화하고 싶었지만 망설였어. 조심스럽기도 했지. 사실
을 말하자면 용기가 많이 필요했어. 부탁인데 내 바람을 기억해줬
음 참 고맙겠다."

마지막 말은 애원에 가까웠다. 굳이 기억이라는 말까지 듣고 나
왔다. 어떻게 잊을 수 있는 이름인가, 미양은 의자에서 쉬이 일어
날 수가 없었다. 풍을 맞았다는, 갑작스런 그녀의 전화는 현실로
파고드는 꿈의 고리처럼 아슴푸레했다. 그녀의 어눌한 말투가 끌
고 온 건 묵혀둔 시간에서 다시 꺼내 온 아픔이었다. 미양은 한참
이나 의자에 파묻혀 자신 앞을 지나가는 제법의 시간들을 멍히 바
라보고만 있었다.

풍을 맞았어.

바람을 맞았어.

화란의 말들이 붉은 줄로 가두어둔 요점처럼 맘을 옭매어 왔다.

한의학에서 말하는 중풍의 증상을 풍을 맞았다는 말로 표현한다. 그 말의 묘한 뉘앙스가 뜬금없이 떠올랐다. 화란에게 왜 그 말이 잘 어울린다는 생각이 들었을까, 자신의 맘 속 깊은 곳에 악마라는 벌레가 기생하고 있는 건 아닐까, 금방이라도 꾸물거리며 머리를 들고 일어설 것 같은 느낌 때문에 미양은 가슴에 가만 손을 얹어보았다.

　"우리 한의학의 이론은 깊이도 있지만 재치도 있는 것 같아. 여러 질병을 자연기상 조건과의 밀접한 관계에 놓고 있거든. 풍한서습(風寒暑濕) 조화 중 중풍은 바람과 밀접한 관계가 있으므로 풍을 맞았다는 말을 쓰는 것 같아. 바람이란 말의 쓰임의 다양함이 너무 재밌지 않니. 바람이 났다, 바람 피웠다, 바람 맞았어, 등등, 이 말에는 오묘하면서 깊은 유머도 있는 거 같아. 바람이란 언어를 이용해서 우리네 고단한 삶을 견뎌내고 수월하게 건너려는, 아무튼 우리 민족의 재치와 여유는 재미롭기까지 해."

　언젠가 윤희가 들려 준 말이다. 풍을 맞았다는 화란의 말에서 그런 여유를 부릴 수는 없었다.

　'풍의 병은 대체로 열이 치성하여 생긴다. 모든 습의 기운은 담을 만들고 담은 열을 발생시킨다. 그래서 열은 풍을 낳는다.'

　동의보감에 적혀 있는 풍의 의미다. 옛날 우리의 의학 책을 자주 읽은 것도 요양원을 드나들면서부터였다. 풍 그리고 바람, 그 말은 마치 화란에게서 생긴 어원이듯 그녀로부터 연결고리가 매달려 왔다. 화란의 전화는 한동안 미양의 맘 중심부를 헤집고 다녔다.

바람을 맞았다.

귓가에서 맴을 돌고 있는 말을 거느린 채 창밖 모두에 시선을 기댔다. 바람은 여전히 뜰의 나무 끝을 헤집고 다니는 중이었다. 생각을 지워 나가듯 나무 이름들을 차례차례 살펴 나간다. 마가목, 팥배나무, 산수유, 매화, 보리수 등등.

바람을 맞았어.

다시는 들을 거라 생각지 못한 화란의 목소리는 나무 우듬지에 주저앉는 바람처럼 윙윙, 맴을 돌았다.

아주 천천히 해가 바다로 빠져들고 있었다. 바람에 씻겨 구름 한 점 없는 하늘이었다. 이런 날이면 해가 빠지는 모습은 더 화려하다. 바다에 엉덩이를 주저앉힌 해는 제 몸보다 훨씬 더 큰 붉덩이를 깔아 놓는다. 오메가 낙조, 잠깐 그 장면을 연출한 해는 곧 바다로 몸을 숨긴다. 그 여운으로 바다는 한동안 붉은 빛깔에 몸살을 앓을 것이다. 그런 바다에 넋을 놓은 채 이제는 놓아주어도 괜찮을 지나간 나날을 불러들이고 있었다.

화란은 가끔 박물관을 엿보듯 미양의 집을 찾았다. 그녀를 초대한 적은 없었다. 그럴 의향 또한 추호도 없었다. 그러함에도 불쑥불쑥 함부로 미양의 집을 들어서곤 했다. 마치 누추한 미양의 삶을 확인하려는 듯, 반가울 리 없었건만 화란의 거동은 막무가내였다. 정호가 줄을 타고 있을 때는 더욱 불편했다. 은근히 열패감마저 거들고 나섰다. 주눅 드는 미양을 미리 계산해 둔 심보였을까, 화란은 정호 곁에 붙어 서서 유난스레 깔깔거렸다. 원숭이, 원숭이 같아, 하면서. 정말이지 정호는 화란의 말대로 원숭이 같았다. 나뭇가지에 맘대로 매달려 건너뛰는 재주꾼, 원숭이.

화란은 정호의 안부를 의식적으로 묻곤 했다. 원숭이는 안녕하셔, 지금도 줄만 타고 있는 게야, 대게의 말투가 그랬다. 정호를 통해 미양의 신분을 재확인시켜 주려는 의도를 깔아둔 심보였다. 화란의 말들은 비수처럼 미양의 맘을 찔러대곤 했다.

그 원숭이 정호가 남편이라는 걸 안다면 화란은 어떤 반응을 보일까. 맘을 서성이는 화란을 털어 버리려고 일어섰다. 천천히 걸음을 옮겼다. 이제는 그런 유치한 생각에서 벗어나도 괜찮을 만큼 세월을 많이 살아냈다. 미양은 아직도 고향에서 유산처럼 안고 온 모멸감을 버리지 못하고 있는 자신이 못마땅했다.

'원숭이, 그 원숭이가 니 남편이야? 어쩌다가 그렇게 되었는데?'

그녀 특유의 깔깔거림이 맘을 할퀴며 지나는 듯했다. 궁색한 변명에서 잠시 벗어날 셈으로 덮혀 두었던 우유 잔을 들었다. 다 식어버린 우유를 마시면서도 화란의 말에 대처할 마땅한 말에 대해 궁리했다. 그래 유진이 때문이야. 문득 유진이가 구원의 이름처럼 떠올랐다. 사실대로 말하더라도 어린 유진이 때문이었다.

정호의 첫 결혼은 아버지가 세상 뜨기 전이었다. 세간나는 걸 바란 아버지를 되레 모시겠다며 청했다. 아버지 또한 아들처럼 거둔 정호의 맘을 내치치 않았다. 정호의 아내는 공연장까지 따라다니며 뒷바라지에 열심인 듯했고, 아버지의 우려와는 다르게 잘 처신했다. 정호에겐 더할 나위 없이 마땅한 배후자라 했다. 정호 처지에 옳은 짝을 구한다는 건 수월한 일이 아닐 진데 마침 같이 살겠다, 따라나서니 고맙지 않냐. 그래도 처복은 있는 거 같다. 과거는 덮어 두는 게 낫다. 아버지의 말이었다. 어느 선술집, 부엌일을 봐주던 처자였다, 그 정도만 알고 있어라, 아버지는 그렇게 못을 박았다. 결혼한 지 얼마 되지 않아 아들도 낳았다. 아버지는 친손자를 거두듯 정호의 아이, 유진에게 각별했다. 모든 삶의 이유가 유진에게 있듯, 아버지의 하루는 그 아이를 돌대로 맞추어 소진되곤 했다.

아버지의 사고 소식을 들은 건 다시는 보지 않으리라 사립짝을 나선 후였다. 아버지와는 등을 쌓고 살았던 몇 년을 훌쩍 떠나보낸 어느 날 갑작스런 기별이 왔다. 줄을 타다 낸 사고라 했다.

"날씨가 마땅찮았어. 바람이 심하게 불었거든."

정호의 말은 마치 제 잘못인 양 안절부절못했다. 아버지는 오래 살아내지 못했다. 뇌의 손상으로 마지막 말 한마디 없이 세상을 떠났다. 너른 마당을 거느린 집은 정호가 지키기로 했다. 정호와 정호 댁, 유진이 있어 미양은 맘 편히 고향을 두고 올 수 있었다.

잘 살아갈 줄만 알았던 정호였다. 아니 잘 살아가야만 했었다. 그런데 정호의 삶에 균열이 일어난 것이다.

연락을 한 건 정호가 아니었다.

"고모?"

유진이가 전화 속에서 울먹였다.

밥도 못 먹었다 했다. 아침도 점심도…… 그런데 아빠가 아직 안 와.

놀란 미양이 다급히 물었다. 엄마는, 하고.

"엄마 없어. 순기 할매가 그러는데 엄마 도망갔대. 강칠이 아재 랑."

대강 뭔 말인지 알아들을 수 있었다. 미양이 달려갔을 때 정호는 유진을 씻기고 있었다. 유진의 눈에 글썽글썽 고인 눈물, 때에 전 입성, 저녁이라고 차려 놓은 상은 쥐코밥상이었다. 달랑 김치 쪼가리에 마른 밥뿐이었다. 물기 어린 얼굴을 닦기도 전에 고모, 하며 유진이 품에 안겨 흐느끼기 시작했다. 유진의 울먹임을 그냥 버려두고 올 수가 없었다.

"무슨 일이야."

정호는 아무 말도 안 했다. 마루 끝에 앉아 마당에다 눈을 내려 깔고만 있었다. 잡초가 듬성한 마당에는 삼줄이 땅에 묻혀 있었 다. 아버지와 정호가 타던 줄 밑이었다.

"유진이 줄 타는 거야?"

정호에게 물었지만 대답은 울음빛에 물든 유진이 먼저 받았다.

"나는 싫어. 줄 타는 거. 고모. 오늘도 아빠한테 혼났어. 줄 바로 밟지 않았다고. 고모 나 정말 줄 타는 거 싫어. 고모하고 살면 안 돼?"

유진이 그렁그렁 고인 눈물바람으로 미양에게 하소거렸다. 애 원이었다. 아버지는 미양에게 줄 근처에도 얼씬거리지 말라고 했다. 정호가 연습하는 땅 줄에 발만 올려도 야단을 쳤다. 그랬어도 줄은 미양의 가슴에 남은 깊고 질긴 상흔이었다.

"왜 그래! 애한테 그게 무슨 짓인데. 뭔 할 일이 없어 울골질로 줄 태우는 거야. 그렇게 줄타기가 좋아 미치겠어?"

"그럼 뭐 하고 살아갈 건데, 이거라도 배워 둬야 뒤뿔치기라도 면하지."

"하고많은 게 일인데 설마 밥 굶을까봐? 지금이 어떤 시대인지, 정말 귀 막고 눈 감고 사는 거야?"

유진을 데려온 건 그 때문이었다. 유진은 미양보담 일찍 알아차리고 있었다. 세상 탓인가, 유진, 그 어린 것이 제 아버지의 줄타기가 대접 받지 못할 것이란 걸 미리 알고 있었다.

"학교는 어쩌려고?"

가방을 챙기는 미양의 등에 정호가 말했다. 기억을 되돌려 보면 정호와 가장 많은 말을 나누었던 날이었다.

"나도 생각이 있어. 제 마누라 하나 건사 못하는 무럼생선 주제에 아이는 어떻게 키우려고."

정호의 가슴에 툭, 대못 하나 박고 말았다. 정호에게 얼마나 큰 상처가 되는 말인가, 그 짐작은 어렵지 않았다. 그 말만은 꼭 내뱉어야 유진의 손을 잡고 나올 수 있을 것 같았다. 정호의 찢어지는 가슴이 나뒹구는 마당을 두고 유진의 가방을 챙겨 대문을 나섰다. 정호는 마루 끝에 앉아 미양의 거친 걸음에 아무 말도 없었다. 푹 숙인 고개 밑에 놓인 제 신발만 뚫어지게 내려다보고 있었다. 골목을 나서면서 힐끗 돌아보아도 정호는 앉은 모습 그대로 붙박여 있었다. 유진 또한 제 아버지에게 인사 한마디 없이 미양의 손에 잡혀 따라 나섰다. 유진의 눈가, 얼룩진 눈물에서 어린 날을 훔쳐보았다. 꼭 제 것을 닮은 모양의 눈물이었다. 유진의 손을 잡고 나선 건 그 때문이었다. 유진은 미양에게 짐이기도 했지만 살아가는 힘이 되어주기도 했다. 아이를 건사하기 위해 소용되는 많은 시간들이 절망과 우울의 구덩이에서 건져내 주었다. 유치원에 보내고 퇴근시간이면 아이를 데리러 가야하는 걸음에 제법 리듬이 붙기도 했다. 기다린다는 것은 희망을 만드는 시간이었다. 아이를 데리러 가야하는 시간, 휴일이면 아이와 나들이, 아이가 원하는 무엇을 위해 행하는 모든 것들이 어떤 기다림 속에서 태어났다. 유진과의 몇 년은 무난한 행복의 선물이었다. 유진은 그런 미양을 잘 따랐고 부재한 부모에 대한 그리움 같은 건 내색하지 않았다.

치부가 많은 사람은 자신을 알아보지 못하는 낯선 곳이 편하다.

미양이 그랬다. 줄을 타는 아버지와 관계없는 어딘가의 땅이 숨을 쉬기가 훨씬 수월했다. 교육대학을 졸업한 후 고향과 떨어진 곳, 시골 초등학교에 발령을 받은 지 제법의 날들이 흘러가고 있던 즈음이었다.

엄마의 행방

노인에게 넘쳐 나는 건 과거뿐이다. 눈을 멈추는 곳마다, 과거와 부딪치고 그 과거에 걸려 넘어지기도 한다. 과거란 그들의 유일한 재산이기 때문이다. 평생을 바친 일들에 손놓아 버린 칠봉 할아버지 또한 그러하다. 볕 좋은 날이면 마루 끝에서 변변찮은 먹꾼들을 앞에 두고 말꼬를 트면 이야기는 끝을 몰랐다. 남사당 패거리 속에서 살판쇠로 살아온 그 한평생을 벗어나지 못하는 꺼리뿐이다. 흘러 보낸 세월을 반추하는 건 대게가 여의치 못한 현실일 때 견뎌내기 위해 부려 쓰는 수단이기 때문이리라.

"꼭두쇠 세도는 말이야, 하늘 높은 줄 몰랐지. 우리 조직의 우두머리이니까. 니 아부지가 그랬어. 나는 니 아부지 다음으로 힘을 쓰는 곰뱅이쇠였지. 하는 일이 뭐냐면 허가 맡으러 다니는 사람이었어. 동구 밖에서 마을로 들어가기 전에 동네 어른들한테 놀이마당을 열어도 좋으냐, 하는 사전 승낙을 염글리는 일이 내 소임이었다니까. 내가 허가를 받아내지 못하면 우리 패거리들은 또 다른 마을을 기웃거려야 했거든. 아주 중요한 직책이었지, 암만 그렇고 말고. 썰레놓는 일에는 나를 뒤따를 자가 아무도 없었어."

그럴 때쯤의 칠봉 할아버지 얼굴빛은 봄날 흐드러지게 핀 진달래 같은 화색이 주름골마다 스며들었다. 거시시한 눈으로 지난 일을 반추할 적이면 눈빛은 물론 목소리까지 잔뜩 힘이 실렸다. 그 힘으로 빈탕 같은 지금을 버티어내려는 듯 이야기는 약간의 호기로움에 어정잡이 노릇까지 합세했다.

"열 명도 넘는 뜬쇠들을 내가 거느리고 있었제. 니 아부지 다음에 나였으니께, 나도 엔간찮은 세도를 부린 셈이고 말고. 암 그랬제. 내 밑의 똘마니들만 해도 제법 수월찮게 많았어. 내가 곰뱅이 쇠였으니까, 바람 잡으며 보낸 세월도 만만찮았지. 내 한번 읊어볼까나. 내 평생 그것들 앞에 엄수부리는 재미로 살았으니 떨쳐버리기가 얼마나 아까웠겠냐."

썩삭은 앞 이만 듬성듬성해진 할아버지가 말재기처럼 재재거리면 반나마도 알아듣지 못하는 미양은 잔망을 부릴 차비였고 정호는 슬슬 엉덩이를 들어 빠져나갈 궁리부터 했다. 오망자루처럼 풀어놓는 할아버지의 헛장은 귀에 못이 박힐 정도였다. 말귀가 부실하던 어린 미양은 하품으로 지루함을 견뎌내곤 했다.

중학교 교복을 차려 입을 때였다. 긴 이야기 속에 귀를 모으게 한 근터구가 흔적만 남기곤 삽시간 꽁무니를 뺐다. 아마 그때부터

였을 게다. 할아버지 턱 밑에 부지런히 붙어 앉게 된 건.

　"이거 외우는 거쯤이야 누워서 떡 먹기제. 나는 저승까지 들고 갈 참이니까. 첫째로는 상공운님, 풍물잽이 총수이제, 꽹과리 중 상쇠를 맡는 놈이야. 글고 다음엔 징수님이고, 고장수님이라고 장고잽이 우두머리고 글고 뭐더라, 애고 이것도 뭔 노동 맹크로 숨이 차올라 오네."

　곰방대에 봉초를 비벼 넣어 헛기침을 흘린 후 성냥불로 붙여 쭉 빨아올리면 할아버지 볼은 바람 빠진 풍선처럼 오므라들었다. 오무래미 입으로 몇 모금을 빨아들인 후 내가 어데꺼정 했더라, 하며 생각을 더듬어 나갔다. 그리곤 아무도 도와주지 않았건만 이야기 끝을 제대로 물고 오는 칠봉 할아버지였다.

　"대접 돌리는 버나쇠도 있었고, 땅재주꾼 우두머리 살판쇠, 너 그 아부지처럼 줄타는 어름사니. 그래도 그때에는 우리 식구들이 제법이었제. 많은 패거리들이 어디에서 모여 들었나 하면 말이다, 우리 사당패를 붙좇는 얼간이들도 더러 있었어. 요즘 말로 하자면 연예인 축에 들었으니까. 바람이 들어 슬며시 우리들 꼬리에 붙는가 하면 고아들도 흔해서 불어나는 식구가 엔간찮았어."

　할아버지의 레퍼토리는 어제도 오늘도 판박이처럼 똑같았다. 햇볕 푸짐한 날 마루 끝에 앉은 할아버지의 앉음새도 여느 날과 다름이 없었으며 마치 소리를 재생하는 기계음인 듯했다.

　"엉덩이에 뿔이 나서 가출하는 덜된 것들도 있었고 또 보리 흉년에 부모들이 숟가락 축내는 입을 덜어내기 위해 군식구를 맡기는 게 무릇하기도 했어. 인원을 충당하는 것도 내 몫이었으니까. 니네 엄마는 다른 경우인데 말이다. 아, 아니지, 아무것도 아니다. 내가 비싼 밥 먹고 흥야향야, 쓸데없이 왜 이러누. 아무튼 그때는 우리들 인기가 제법 그럴 듯 했어."

그날 칠봉 할아버지가 입에 물렸다가 궁따기만 했던 뒷말은 끝이 뾰족한 갈고리가 되어 맘자리에 쥐 숨듯이 눌러 앉았다. 빗들다 만 말은 아닐까, 혹여 귀넘어들었던 건 아닐까, 미양은 자신을 의심하며 나무라기도 했다. 그러나 그것들은 날마다 몸을 키우고 또 키를 키울 궁리만 했다. 어느 날은 칠봉이 할아버지를 잡고 어양쓰며 따라다녔다. 할아버지는 마루 끝에 걸쳐 둔 엉덩이를 떼내어 사립짝 밖으로 피해 나갔다. 말이 헤펐던 칠봉 할아버지는 미양의 궁금함에만 무섭도록 입을 다물며 몸 따곤 했다. 그러나 얌전하지 못한 의구심은 자꾸 보챘다. 엄마는 미양의 맘속에 무겁게 똬리를 틀고 앉은 비밀이었다. 일곱 살, 초등학생이 되어 학교를 마친 후 집에 돌아와 보니 엄마가 없었다. 사라진 엄마의 이유를 알려주는 이는 아무도 없었다. 음아중 환자처럼 입을 꼭 다물고 모두들 피해 갔다. 엄마의 부재에 대한 의문은 마음 저 깊은 곳, 아픈 무덤으로 남았다.

달밤, 미양은 몸까지 휘영해지는 그 빛을 견디지 못했다. 은근한 엄마의 달밤이기도 했다. 달빛이 내리면 엄마는 궁싯거리는 밤을 견디지 못하고 마당을 서성이곤 했다. 어린 미양을 업고 저수지 둑길을 걷기도 했다. 그 거리가 성에 차지 않으면 당산나무 그늘 아래서 멍히 서 있고는 했다. 누군가를 기다리는 것처럼 목을 빼내어 우련하게 비치는 아래 마을을 한참이나 엿살피기도 했다. 엄마가 떠난 후 미양은 내림바탕처럼 그 달밤을 오롯이 제 것으로 안아 앓곤 했다.

대학에 입학했던 해였다. 겨울밤, 달빛은 냉랭하다 못해 차라리 경건했다. 아무것도 걸치지 않은 맨몸으로 세상을 박차고 올라간 겨울달빛 앞에서 미양은 병소처럼 키워 온 엄마에 대한 기억을 앓았다.

신열에 시달리듯, 그런 밤을 맞고 보낸 어느 날이었다. 미양은 아버지의 방문을 두드렸다. 아버지도 뒤척이고 있었던 겔까, 얼른 문을 열어 미양을 맞아들였다. 달밤을 안고 서성이는 미양을 다 엿보고 있었던 겔까, 예상했다는 듯 불부터 켰다. 자리옷이 아닌, 금방이라도 마실 나갈 차비를 마친 듯한 평상복 차림이었다. 즐겨 입는 목 긴 스웨터에 밤색 코르덴 바지, 양말까지 껴 신은 채였다.

중학교 적, 미양이 종일 밥숟가락을 들지 않고 버티었어도 종내 잡조이하던 아버지였다. 엄마의 행방에 대한 트집 앞에서 아버지는 못 들은 척 귀를 막았다.

"네가 어려서 아빠 말을 이해할 수 없을 거다. 좀 더 철이 들면 꼭 말해 주마."

어쩌다 미양의 말자루를 피하지 못했을 때의 변명이었다. 아버지는 그렇게 설레발까지 치며 순간순간을 모면했다.

　그 밤은 달랐다. 모든 준비를 끝낸 것 같았다. 더 이상 물러설 곳을 잃은 듯, 약간의 열패감도 갖추어낸 낯빛이었다. 일곱 살 딸을 버리고 어느 날 행방을 감춘 엄마의 이유와 흔적, 미양이 무언으로 추궁하던 내용이었다. 그것들을 숨겨 둔 아버지의 비밀을 그 겨울 달밤이 낱낱이 풀어헤치고 말았다. 알아들을 수 있는 나이를 기다렸다는 변명을 마중물처럼 앞세우기도 했다. 그리고 굳이 알리고 싶지 않은 마음도 없지 않았다는 말도 솔직하게 했다. 아버지가 미리 털어낸 속내는 모두 사실일 것이었다. 많은 세월을 보낸 후 이제야 마음고름을 풀기 시작하는 아버지를 그렇게라도 믿어 주어야 할 것 같았다.

　"내 나이 서른다섯이었다. 노총각 떠돌이 어름사니에다 뭐 가진 게 있기를 하나, 등 비빌만한 변변한 피붙이가 있기를 하나, 손에 쥔 거라고는 몸밑천뿐이었다. 흑싸리 껍데기 같은 내 인생에 가정, 아니 평생을 함께 할 여자란 뒤웅박차고 바람 잡는 일이었다. 그런 내게 네 엄마는 가당찮은 사치였지만 내가 욕심을 부리고 말았다. 그리고 네 엄마를 만나 나는 행복했지만 그건 아마도 나만의 생각이었을 게다. 네 엄마는 열여섯이었다. 나를 만났던 적의 나이가 말이다. 지리산이 품고 있는 산청의 생정이란 마을, 큰 강이 마을을 둘러 여흘여흘 흘러가는, 산수가 참 좋은 곳이었다. 여름, 강물이 그렇게 푸지게 흐르고 있었으니 말이다. 칠봉이 형이 지금도 봐라 얼마나 말주변이 좋냐. 그 형이 곰뱅이쇠를 맡아볼 적이었다. 니는 알란지 모르겠다. 곰뱅이쇠란 우리 남사당패 말로는 허가, 라는 뜻이다. 어느 마을로 들어가든 마을 어른을 만나 놀이마당을 열어도 좋다는 사전승낙을 받는 일을 맡아보는 일은 곰뱅이쇠 몫이다. 칠봉이 형의 비나리치는 재주야말로 어느 누구도 따라갈 사람 없었다. 그 형이 시작하면 비끌리는 법도 없었다. 그 마을에 들어가서도 칠봉 형은 아무 어려움도 없이 허락을 손에 쥐고 오더라."

담배쉼을 위해 아버지는 머리맡의 담배 곽을 뒤적였다. 담배 한 대를 꺼내어 불을 붙이고는 길게 숨을 내쉬었다. 아버지가 내뿜는 담배 연기는 긴 한숨 같았다. 담배쉼은 제법 길었다. 말갈망이 버거웠을까, 아버지의 말은 중심을 피해 자꾸 바깥을 빙빙 헛돌기만 했다. 아버지가 굳이 말하지 않아도 꼭두쇠를 중심으로 구성된 남사당패의 구조는 잘 알았다. 그들과 함께 밥을 먹으며 살아왔으니까. 햇살 좋은 마루 끝에서 할아버지가 노래 부르듯 읊던 남사당패 내막이었다. 남사당패는 칠봉이 할아버지가 살아낸 일생이었고 삶의 전부였다. 그것을 벗어나서는 아무것도 할 이야기가 없었다. 어느 참독한 겨울은 놀이가 시원찮아 굶기도 했다는, 그래서 흐슬부슬 흩어져버렸지만 봄이 되면 약속이나 한 듯 다시 찾아오는 패거리들의 근성에 대해서도 말했다. 몸속에 흐르는 피는 못

속이는 게야. 그 피를 주체할 수 없어 굶기를 밥 먹듯 해도 다시 꾸역꾸역 몰려 들어오는 게지, 하면서. 그리고 여자란 꿈도 못 꾸는 사치였다며 슬쩍 말끝에 꼬리마냥 매달아 내곤 했다. 그 말을 캐물으면 칠봉 할아버지는 미양이 알아듣지도 못하는 숫동모와 암동모에 대한 이야기도 숨김없이 털어냈다.

한 50여 명의 인원이 필요한 남사당 패거리들의 충원방법에 대해 슬쩍 언급하기도 했지만 가장 핵심을 지날쯤이 되면 교묘하게 빠져나가곤 했다. 물론 드러내기엔 떳떳하지 못한, 음지에 묻어두고도 싶은 패거리들에 대한 뒷면일 것이다. 연희 종목마다 뜬쇠라는 우두머리가 있었고 그 아래 기능을 익힌 가열, 그들은 초입자들인 삐리를 둔다고 했다. 갓 들어온 삐리는 조직의 제일 말단 계열에 속했다. 징벌도 엄격했으며 무단히 도망가는 자가 잡혔을 때의 벌은 엄중했다고 했다.

칠봉이 할아버지가 비밀처럼 흘린 숫동모와 암동모는 이들 패거리가 남색 조직을 이루고 있었다는 증거였다. 신출내기 삐리들의 역할이 암동모였다는 건 나중에 알았다. 남사당패거리들이 비난을 피할 수 없는 이유도 남색 조직을 이루고 있었다는 이 사실 때문이었다.

"지금도 그 나무가 있는지 모르겠다. 마을로 들어가면 마을을 보호하는 해자처럼 강이 둘러싸여 흘렀고 건너에 들판이 있었다. 들판에는 큰 당산나무 한 그루가 있었는데 우린 나무 아래서 칠봉이 형의 허락을 기다리는 중이었다. 그런데 개울가에 한 처자가 앉아 있더구나. 빨래를 하고 있거니 그렇게 생각하고 있었다. 나중에 알고 보니 처자는 강물 앞에서 한없이 울고 있었던 게야. 무슨 연유로 저렇게 울고 있나, 잠시 그런 생각에 젖을 무렵 칠봉이 형 고함소리가 들렸다. 두 손을 흔들며 달려오는 칠봉이 형을 보고 우리는 물어보지 않아도 허락을 받아 내었다는 걸 미리 알았다. 칠봉 형은 말주변도 번드레하지만 행동보다 말이 저 먼저 앞장서서 설레발을 치곤했거든. 모두들 박수를 치고 환호하느라 강가에서 울던 처자는 잊고 말았다. 우린 장비를 실은 도랑쿠(트럭)를 앞세우고 마을 어귀를 찾았다. 짐을 부리고 천막을 치고 할 일이 많았기에 강가의 일은 잊고 떠났다."

아버지의 이야기는 밤을 새울 것 같았다. 엄마의 사연 앞을 가로막고 선 장애는 무엇인가, 뜸을 들이는 말에서 점점 에돌고 있다는 짐작은 어렵지 않았다.

"그 마을에서 우리 패거리들은 한 달쯤 머물렀을 게다. 인심이 여느 마을보다 후했던 탓도 있었지만 강물이 참 좋았다. 맑은 물이 우리의 쓰임에 유용했다. 땀이 나면 몸을 씻기도 했고 빨래며 먹을거리 준비하고 처리하는 데는 그만한 곳이 없었다. 이런 말은 핑계일지도 모르겠다. 솔직히 말하자면 그곳에 오래 머물게 된 건 너의 엄마도 한몫 거들었을 것이다. 지금 내가 왜 말을 빙빙 돌리고 있나, 자꾸 엿가락처럼 늘어지기만 하는구나."

긴 말에 힘의 소모가 관여했을까, 아버지는 한참 동안 입을 다물었다. 눈만 끔벅끔벅, 가끔 천정을 다녀오기도 했다. 마른 입술을 혀로 적시기도 했다.

"니 엄마를 다시 만난 건 말이다, 다음날이었어. 생각이 났던 게야. 강가에서 울던 처자가 말이다. 강가로 갔더니 그 자리에 있더구나. 울진 않았어. 빨래를 하고 있었어. 그 모양을 뒤에서 엿살피기만 하다가 그냥 돌아왔단다. 무슨 사연으로 그렇게 서럽게 울었을까, 궁금했지만 물어볼 수는 없었지."

무릎을 꿇고 앉은 미양에게 엄마 이야기로 건너가기 전 말뺌을 위한 변명이듯 남사당 패거리들의 역사를 다시 들고 나섰다. 옆길로 들어선 아버지의 모든 말새는 다 견뎌 낼 수가 있었다. 남사당 패거리도 한참의 세월을 거슬러 올라가야하는 역사가 존재한다는 말로 운을 뗐다. 처음엔 사당패라는 여자들만의 연희 모임이었다고 했다. 그러다 여자만으로 부족해 여장을 한 남자 사당들이 투입되었고 그래서 남사당이란 이름을 얻게 되었다는 연유 등, 자세히 말하지 못하겠지만 더러는 몸을 팔기도 하는 적절치 못한 거래가 있기도 했다고 했다. 그래서 부정적인 시선에다 사회적인 질시도 받아야만 했고, 그렇게 되니 인원 확보가 어렵게 되었다는 말을 시간벌기처럼 꺼내어 놓기도 했다.

"옛날엔 보릿고개를 넘기기 어려운 집안에서 입을 덜기 위해 자식 하나를 내어주고는 했지만 더러 유괴도 성했어. 그런데 엄마는 말이다."

　그 말쯤에서 아버진 다시 담배 한 대에 불을 붙였다. 아주 힘든 고개를 넘어가기 위한 마음 다짐 같았다. 담배쉼이 한참이나 길었다. 잔망을 부리는 아이처럼 괜스레 어수선한 머리맡을 정리하기도 했다. 손톱깎이를 담아 둔 사물함 속에 뭔가 반짝 빛을 내는 물건이 눈에 들어 왔다. 머리핀이었다. 세수를 할 적이면 벗은 머릿수건 속에서 얼굴을 내밀던 엄마의 머리핀이었다. 어디에서 났을까, 엄마의 수건 속에 숨어 있는 검정 머리핀이 늘 궁금했었다. 하얀 구슬 세 개가 박힌, 분명 엄마의 것이었다. 사물함을 당겨 핀을 꺼내 집었다. 아르르, 손끝으로 깊은 아픔이 매달려 들었다. 미양이 하는 양을 물끄러미 보던 아버지가 말했다.

　"너의 엄마에게 생일을 물었더니 모른다 하더라. 그래서 내가 생일 하나를 만들어 주었다. 유월 초아흐레, 니 엄마가 강가에서 울던 날이었다. 니 엄마를 훔쳐 본 날이기도 하고. 처음으로 선물이란 걸 해 봤다. 장터에서 골라 본 것이다. 참 좋아하더구나. 활짝 웃는 걸 본 것도 이 핀 때문이었다. 떠날 때 여기 통 안에 빼놓고 갔더라. 가끔씩 들여다본다. 그냥 눈이 허수하고 맘이 한갓 지는 날이면."

　엄마가 두고 간 머리핀이 두 사람의 시간을 휘두르고 있었다. 손바닥에 올려놓고 한참이나 내려다보았다. 눈이 허수하고 맘이 한갓 지는 날이면 들여다보았다는, 아버지의 맘이 불편하게 앉아 있는 것 같았다. 아버지가 다시 말을 이어가자 미양은 비로소 정신을 추스르고 검정 핀을 주머니에 넣었다.

"내가 왜 강가로 내려갔을까, 누군가가 나를 자꾸 이끄는 것 같았어. 지금 생각하니 니 엄마를 머릿속에 묻어두고 있었던 모양이야. 자꾸 강가가 눈에 아물거리는 거야. 열이레 달빛 속에 엄마가 혼자 멍히 앉아 있더구나. 그날 밤 너이 엄마를 내가 덮치고 말았다. 그런데 아무 반항이 없더구나. 그냥 순순히 나를 받아들이더라. 나중에야 알고 보니 서로 맘을 두었던 남자가 다른 여자와 혼인을 하고 말았다 하더구나. 부모들의 반대에 엄마는 남자와 헤어질 수밖에 없었다고 하더라. 부모 없이 이모 밑에서 서럽게 자란 처자인데 의지가지할 데 없는 데다 마음 두고 믿었던 남자마저 떠났으니 그 마을에 뭔 정이 있겠느냐. 그래서 쉽게 나를 따라 나선 거야. 쬔 건 아니지만 결국 내가 유괴를 한 셈이지."

아버지의 말은 오래 계속되었다. 겨울이 오고 남사당패들의 끼니를 잇지 못해 여자들 모두 몸을 팔아 곡식을 얻어 와야 했던 이야기에 도달했을 때 아버지의 목소리는 떨리기 시작했다. 그런 일은 허다했다는 변명의 말부터 앞세웠다.

"엄마도 그랬어야만 했어요?"

미양의 목소리가 시퍼런 칼날처럼 날이 섰다. 아버지는 한참이나 대답을 하지 못했다. 무겁고 버거운 침묵만이 방안을 깊숙하게 점거했다.

"정말 엄마도 그 짓을 했단 말예요?"

"내가 책임자인 꼭두쇠였으니까, 어쩔 수 없었어. 봄은 너무 멀리에 있었고, 겨울의 엉세판을 무사히 넘기지 않으면 우리 패거리들은 뿔뿔이 흩어져야 했으니까. 흩어지고 나면 선떡부스러기처럼 다시 결합이 어려울까, 두려웠어. 그들을 먹여 살려야 할 책임은 내가 쥐고 있었다. 솔선수범해야 했다. 물론 다른 여인들도 모두 나섰다. 내 마음은 네 엄마보다 가슴이 더 찢어지는 것 같았다. 첫날, 참 많이도 울더구나. 젖먹이 너를 떼놓고 밖을 나서는 내내 울었다. 담날은 좀 덜 울고…… 우린 엄한을 그렇게 넘겨야만 했다."

자리를 박차고 일어나려다 주저앉았다. 아버지의 얼굴을 노려보았다. 아버지의 얼굴 구석구석에는 엎쳐뵈는 주름살이 구차하게 박혀 있었다. 밥을 얻어먹기 위해 제 여자 몸을 팔게 한, 그 남자가 아버지로 앞에 앉아있었다. 온몸의 피들이 제멋대로 갈팡질팡 길을 헤매는 것 같았다. 그랬어도 다 들어야만 했다. 끝까지 엄마의 이야기를 여겨듣고 일어나야만 했다.

"그래서요, 아버지 패거리들이 번둥질로 계절 하나를 견뎌내기 위해 여자들을 바깥으로 내몰았단 말이죠? 그렇게 겨울나기용으로 엄마를 이용한 아버지가 얻은 게 뭐죠?"

"미안하다. 미안하다. 이 말밖에는 네게 더 할 말이 없구나. 너를 낳고 두 달도 안 되어 남자를 받아야만 했던 때가 제일 맘 아팠다. 네게 젖을 멕이면서 흘리던 눈물을 잊을 수가 없다. 눈물이 네 얼굴에, 까만 머리카락에 뚝, 하고 떨어지던 모습, 내 가슴에 화인처럼 박혀 고통으로 남았다. 가끔 잠을 이루지도 못하고 뒤척인다. 천하에 몹쓸 놈이었다, 내가……. 우리 패거리들이 겨울, 된 고비를 이겨내야만 하는 그것만이 절박했으니까."

아버지의 목소리는 된경에 빠진 듯, 쥐구멍으로 기어들어가고 있었다.

"엄마는 암말 없이 스스로 받아들였나 보죠?"

"많이 울었다. 그래도 안 간다는 말은 안 했다."

"나 같으면 연생이 보다 못한 남편을 버리고 말겠다."

미양이 악을 쓰고 말았다. 담배통을 아버지 앞에다 패대기치고 싶었다. 그래도 맘이 풀리지 않을 것 같았다. 도저히 용서할 수가 없는 일이었다. 상처 많은 엄마를 그렇게 버리다니, 파렴치한 아버지, 미양의 눈에 슬슬 붉은 핏발이 돋아나기 시작했다. 온 세상이 붉은 열기에 휘말리고 있는 듯했다. 앞에 앉은 아버지가 화마 속의 마귀로 나타나는가 싶었다. 미양은 두 눈을 부릅뜨고 정신을 간수하려 안간힘을 썼다.

머릿수건을 쓰고 다니던 젊은 엄마의 모습만 가슴에 붙박여 있었다. 세상을 마주 보기 부끄러운 듯, 한 번도 고개를 똑바로 들어 누군가를 바라보는 모습은 기억에 없었다. 뭐가 그렇게 떳떳하지 못했던 것이었을까. 아니면 어름사니인 아버지를 부끄러워했던 것일까, 미양의 추측은 그 이상을 넘지 못했다.

엄마의 이유는 이제 분명하게 드러나고 말았다. 엄마가 어느 날 떠났다. 초등학교 생활에 재미를 들이던 늦봄이었다. 학교에서 사당마을로 올라오는 길이면 엄마는 늘 사립문에 기대서서 미양을 기다렸다. 그때부터 흔들기 시작한 손으로 사립문을 들어서곤 했다. 그날은 까닭 없이 불안했다. 엄마가 뵈지 않았다. 걸음이 급해지기 시작했다. 엎어질 듯 달려왔지만 엄마 신발도 없었다. 댓돌 위에 가지런히 놓여 있어야 하는 엄마의 검정 고무신이었다. 뒤란으로, 도랑으로, 텃밭으로 뛰어다니며 엄마를 불렀다. 아무런 흔적이 없었다.

해질녘 불쾌한 얼굴로 들어서는 아버지, 말을 잃어버린 얼굴이었다. 미양을 외면했다. 벙어리들만 모여 사는 마을 같았다. 남사당마을에 사는 모든 사람들이 전염병에 걸린 듯 입을 다물고 있었다.

"엄마는 왜 떠나셨나요? 아니 어디로 떠나셨나요?"

겨우 정신을 수습한 미양이 물기에 젖은 듯한 목소리로 입을 열었다.

"니 엄마 마음속엔 내가 들어있었던 적은 한 번도 없었다. 떠나간 남자뿐이었다. 네가 다섯 살이 되던 해에 남자 소식을 들었던 게야. 혼자되었다는, 아니 남자가 수소문해서 엄마를 찾았어. 어느 날 섬으로 왔더구나. 날 만나자고 했어. 저 아래 상률네 술집에서 둘이 만났다. 둘 다 니 엄마에게 몹쓸 짓을 했으니 떳떳할 거 없는 처지였지. 내가 보내 주마, 고 했다. 아니 데려가라 했다. 그 사람은 네 엄마가 원한다면 아이도 함께 데리고 가고 싶다고 했다. 너이 엄마도 그걸 원했다. 내가 널 내주지 않았다. 차마 널 보낼 수 없었다. 너마저 내 준다면 나는 세상을 살아낼 수 없을 것 같았다. 니 엄마는 금방은 따라나서지 않더구나. 니가 학교 갈 무렵이면 떠나겠다고 하더라. 그래서 기다린 거야. 네 엄마를 보내 주지 않을 수가 없었다. 당장 간다 해도 말리지는 못했을 거야. 말릴 처지가 아니었으니까. 네 엄마를 보낼 수밖에 없었던 건 그 겨울 때문이었어. 그런 겨울이 없었다면 나는 말이다, 너를 핑계 세워 붙잡는 시늉이라도 해 보았을 거다. 도저히 그럴 염치도 없었다.”

고개를 푹 숙인 아버지, 미양은 그런 아버지를 두고 일어섰다. 그런 그녀에게 아버지가 손에 쥐어준 건 주소와 머릿수건을 쓴 사진 한 장이었다.

생정 마을

꿈이 무엇이냐고, 그녀에게 물어 준 사람은 아무도 없었다. 그러나 그녀에게도 꿈은 있었다.

언젠가 화란의 거대한, 윤희의 소박한 꿈들을 펼쳐 놓았을 때 미양은 제 것을 꺼내어 놓지 못했다. 꿈이라기보다 소원하는 마음이라는 게 더 가까울 거 같아서였다. 엄마가 되고 싶었다. 어린 것이 엄마, 라고 부를 때 언제든 달려갈 수 있는 곳에 서 있는, 그런 엄마로 살아가고 싶었다. 아이의 절박한 때를 지켜주고 아이가 간절히 부를 때 대답해 줄 수 있는 엄마.

그게 미양의 꿈이었다. 꿈은 윤후가 떠나면서 함께 증발하고 말았다. 유진을 거둔 건 잃어버린 꿈에 대한 몸부림이었고 절망을 견뎌내기 위한 방법이었는지도 몰랐다. 분명 그랬을 것이었다.

대학의 두 번째 여름이었다. 등짐을 짊어진 듯, 답답한 마음자리였다. 미양은 간단한 가방을 챙겼다. 지리산 아래 생정 마을, 아버지가 적어 준 주소를 움켜쥐었다. 마음 놓고 버스를 타게 된 건 물론 윤후 때문이기도 했다. 어느 분이 베풀어준 호기인가, 마침 윤후가 생정 마을에서 농촌 봉사를 하는 중이었다. 윤후가 그곳에 있어 맘먹을 수 있었던 용기였다.

진주로 올라가 산청행 버스를 탔다. 버스표를 쥔 손에서부터 떨림이 왔다. 설렘일까, 아니면 두려움일까, 막연한 감정들이 함부로 마음을 휘어잡았다. 생정 마을의 이정표가 스칠 때마다 가푸른 심장이 더 들썽거리기 시작했다. 생정 마을은 산청읍에서 멀지 않은 곳에 있었다.

까맣게 그을린 얼굴의 윤후는 밀짚모자를 눌러 쓴 채 버스 정류장을 지키고 있었다. 뭔 일이냐, 며 윤후의 눈이 호두알만 해졌다. 그 눈 속에 갑작스런 미양의 출현으로 반가움이 가들막하였다.

마을 앞 강물의 흐름이 유유했다. 경호강이야, 강물의 흐름이 여유롭고 참 이쁘지? 윤후의 말이었다. 윤후의 설명이 아니더라도 강의 이름이 경호, 라는 걸 이미 알고 있었다. 경호강, 나직하게 뇌까려 보았다. 강 건너엔 들판이 제법 넓었다. 강은 마을과 들판 사이를 둥글게 에워싸며 흘렀다. 푸짐한 그늘을 내리는 큰 나무 한 그루가 들목 즈음을 차지하고 있는, 안온한 풍경은 마음 앉혀 두고픈 그림 같았다.

미양은 암말 없이 나무만을 바라보았다. 전혀 낯설어 뵈지 않았다. 오래 동안 찾아 헤매던 나무 같았다. 웅숭깊어 뵈는 나무 또한 한세상 미양만을 기다린 모습 같았다. 슬그머니 마음 한 쪽 끝이 아려왔다.

"따라와, 내가 강 건너는 길을 알거든."

눈치 차림이 빠른 윤후가 앞장서며 말했다. 가방을 들고 앞서는 그의 등이 물씬 흙냄새를 풍겼다. 벌써 5일째라고 했다. 논에 들어가 김도 메고 수해를 입은 논두렁도 고치고, 강가 무너진 둑도 쌓았다며 그동안의 농활 내용이 제법 풍성했다. 몸을 부린다는 단순한 일들이 정신의 깊이에 유익함을 준다는 말도 했다. 내가 농사꾼 체질은 타고 난 게 틀림없어. 뒤를 돌아보며 노동 예찬까지 늘어놓았다.

낮은 구릉을 건너고 농로를 지나 나무 아래로 다가갔다. 팽나무였다. 무성한 잎을 거느린 나무 아래에는 대나무를 쪼개어 만든 평상이 놓여 있었다. 윤후는 모자를 쓴 채 풀썩 드러누웠다. 아 편하다, 하면서.

미양 또한 그의 옆자리에 드러누웠다. 아침부터 갈아타고 온 버스길의 피로가 순식간에 몰려왔다. 피로 때문이었을까, 아님 윤후가 지키고 있다는 안도감 때문이었을까, 미양은 잠깐 여윈잠에 빠지고 말았다.

잠을 털어낸 후 누운 자리에서 나무를 올려다보았다. 미양의 마을에도 이렇도록 큰 팽나무 한 그루가 들판 가운데 서 있었다. 마을 사람들 모두는 그 나무를 당산나무라 불렀다. 남사당패들이 사는 뜸마을과 경계, 아니면 마을과의 단호한 금처럼 은근히 엄위를 떨치는 듯도 했다.

윤후가 가만 그녀 곁에 누우며 손을 잡았다. 꼼지락 꼼지락 윤후의 손가락이 미양에게 말을 걸어오는 것 같았다. 둘은 그렇게 한참을 누워 나뭇가지 사이로 살며시 빠져 내리는 하늘을 훔쳐보고 있었다. 그때까지도 윤후는 아무 것을 묻지 않았다. 배고플 테니 우선 밥이나 먹자며 미양을 일으켜 앉혔다. 평상 끝에 걸터앉은 미양의 발에 윤후가 운동화를 신겨 주었다. 그리곤 왔던 길을 돌아나갔다. 경호강을 끼고 앉은 신작로를 걸었다. 가끔 버스가, 자동차가 더위를 가르며 달려갔다. 불쑥, 강가에 우두커니 앉은 정자가 나타났다. 마치 두 사람의 고달픈 걸음을 기다렸다는 듯, 머리에 기와를 얹은 쉼터는 뜻밖이었다. 약속이나 한 듯 신발을 벗고 올라갔다. 눈 아래 펼쳐진 강을 앞에 두고 나란히 앉았다. 강의 모습이 한 눈에 다 잡혀 들었다. 강물은 급한 거 없이 한없이 편안한 걸음이었다. 언제 들볶아대던 가슴이었냐 는듯, 어느새 강물처럼 미양의 맘도 유순해지고 있었다. 이젠 미양이가 이곳으로 걸음한 이유를 윤후에게 설명해야 할 차례였다.

긴 이야기 중에 윤후는 한마디 간여도 없었다. 묵묵한 표정으로 잘 들어 주었다. 가끔 미양의 목소리가 아픔으로 떨릴 때는 손을 힘껏 잡아주는가 하면 들썩일 듯 목소리가 격앙해지면 가만 어깨를 감싸 주었다. 이야기가 끝났어도 윤후는 한참 동안 강물의 흐름만 가만히 지켜볼 뿐이었다.

"주소 있다고 했지? 줘 봐."

긴 침묵을 먼저 깨뜨린 건 윤후였다. 살아 있을까, 아니면 이곳에서 살고는 있을까, 그렇다면 어떤 방법으로 부딪히는 게 좋을까? 여러 갈래의 생각들이 엎치락덮치락 맘을 휘젓고 나섰다. 미양은 가방을 뒤져 깊은 비밀 한 자락이듯, 주소가 적힌 종이를 건넸다. 여기서 먼 곳이 아니라면서. 지금 가 볼래? 펴서 읽어 보던 윤후가 미양을 살폈다. 미양은 고개를 저었다.

"많이 두려워. 내가 이러는 게 옳기나 한 짓일까, 그분은 지금 이곳에서 살고나 있는 걸까, 안 계시면 어떡하지?"

"그런 걱정 미리 하지 마. 시골 살림은 이동이 별로 없어. 대부분 갖고 있는 농토로 살아가는 생활이니까. 계실 거야. 뭐 워밍업이 필요하다면 내일도 괜찮을 거 같아."

"그러자. 내일 움직여 보자. 나, 이 마을 너무 맘에 들어. 한 달쯤 머물다 갔음 좋겠다. 왠지 처음 와보는 것 같지 않아. 많이 익숙한 느낌, 언젠가 살아보았던, 아주 먼 기억 속에 저장된 마을 같아."

정말 그랬다. 아버지가 그림 그리듯이 설명해 준 탓이었을까, 버스에 내려 경호강 흘러가는 물결과 건너 들판을 지키고 선 나무를 만났을 때도 낯설지가 않았다. 어느 한 시절에 살아본 것 같은 친밀함이었다. 떠나간 남자 때문에 슬피 울고 있었다던 강가, 엄마에 대한 연민으로 싸하니 통증이 덤벼들었다. 한 여자로서도 충분히 공감할 아픔이었다. 얼마나 힘들었으면 강가에서 울었을까, 얼마나 삶을 내팽개치고 싶었으면 낯선 남자의 윤간을 방관했을까. 세상 모두를 뺏긴 상실감이었을 것이다. 그렇지 않으면 뜨내기 남자를 따라 나설 수는 없었을 터이니까. 그 겨울, 패거리들의 끼니를 위해 몸을 팔아야 했던, 수치를 느낄 수 있는 삶이었다면 죽어도 그러지는 못했을 것이었다. 이미 자신을 포기했었고 아버지를 따라 살아가는 세월은 결코 엄마의 진정한 삶이 아니었을 것이다.

윤후는 마을의 유일한 숙박시설인 백년장 여관에다 미양을 데려다 주었다. 뒤따라 들어와 방문은 제대로 잠글 수 있는지, 화장실은 불편하지 않는지, 이것저것 확인 하고는 내일 오마며 돌아갔다. 숟갈로 걸어 잠그는 여관방의 문이 낯설지 않았다. 섬에 살던 때도 그랬다. 창호지 문살의 방문 고리엔 늘 녹슨 놋숟갈이 매달려 있었다.

샤워를 한 후 벗은 몸 그대로 누웠다. 이불을 뒤집어썼다. 그리곤 준비해둔 듯 눈물이 쏟아지기 시작했다. 맘 놓고 울어도 괜찮을 마땅한 곳이었다. 어디에다 쟁여두었던 겔까, 눈물은 알맞은 때를 만난 듯 토해내기 시작했다. 울고 또 울었다. 많은 눈물들이 쉴 사이도 없이 흘렀다. 이 마을에 엄마가 살고 있다는 것, 그리움 그것만으로도 아깝지 않은 눈물이었다. 얼마나 울었을까, 눈물샘이 빈 바닥을 드러내는가 싶었다. 나사에 꽉 죄어있던 모든 기관들이 죄다 풀려 헐거워진 듯했다. 몸을, 마음을 짓눌렀던 중압감이 슬슬 물러나는 중이었다. 쌓였던 눈물로 인해 무거웠던 맘이었을까, 미양은 오랜만에 편안한 잠을 취했다.

눈을 뜨니 벽시계의 바늘은 오전 10시를 넘어가고 있었다. 윤후가 점심을 먹자했으니 좀 여유가 있었다. 여관을 빠져 나와 강가로 나갔다. 팽나무를 향해 길을 더듬어 나갔다. 대나무를 쪼개어 만든 평상 바닥은 마모된 껍질이 마치 마른버짐처럼 허옇게 퍼석거렸다. 아버지의 패거리들이 이곳에 모여 칠봉이 할아버지가 갖고 올 허가를 기다리고 있었을 것이었다. 그들, 아주 가까운 곳에서 울고 있었을 어린 여자.

미양은 짐작으로 그럴듯한 자리를 찾아 걸었다. 그때 손을 흔들며 쫓아오는 윤후의 모습이 저만치 보였다. 밀짚모자를 빙빙 돌리는 그의 이마에 땀방울과 부딪친 햇살이 반짝, 나뒹굴었다. 좀 천천히 와, 미양은 윤후에게 미치지 못하는 입안에 말로 중얼거렸다.

"어쩐지 여기 있을 것 같았어."

숨을 헐떡거리던 윤후는 강물에 얼굴을 담갔다. 한참이나 물속에 얼굴을 묻은 채 꺼내 올리지 않았다. 또 저런다, 미양은 강가로 다가가 그의 등을 쳤다. 그때서야 드러낸 윤후의 물 묻은 얼굴에 맑은 햇살이 다급히 미끄러져 내렸다.

"아직도 그 버릇 못 버렸네. 사람 놀래키는 데는 뭐가 있어."

"오랜만에 함 놀려 먹으려고."

어렸을 적 바닷가에 멱을 감을 때면 윤후가 늘 하던 장난이었다. 바닷물에 들어가 한참이나 얼굴을 내밀지 않았다. 물속에 들어가 참는 숨을 윤후는 제 숨이 길다, 라고 자랑했다. 미양이 그의 등을 또 치며 역정 내는 시늉을 했다.

"내 긴 숨이 아직도 건재한가, 네 앞에서 확인해보고 싶었거든."

목에 두른 수건으로 햇살 묻은 얼굴을 닦아내며 호기롭게 말했다. 윤후가 앞장을 섰다. 그리곤 점심으로 간단한 국수를 먹고 길을 나섰다. 윤후는 미리 알아두기라도 한 듯 막힘없는 걸음이었다. 버스가 다니는 국도를 한참 걷더니 왼쪽 골목길을 꺾어 들며 말했다. 이 근처가 맞을 거야. 번지만 찾아 확인하면 돼.

아버지가 적어 준 주소를 손에 쥐고 골목을 기웃거리기 시작했다. 삶이 노출되어 있는 시골 생활에 함부로 누구누구를 묻고 찾아 나설 수는 없었다. 윤후는 탐정처럼, 아니 도둑고양이처럼 걸음짓부터 신중했다.

실골목을 들어가 점점 숫자를 좁혀 나가던 윤후가 눈짓으로 어느 집을 가리켰다. 오른쪽 검지로 쉿, 하는 표정을 보냈다. 찾아낸 것 같았다. 나무 문패였다. 마을에서 제일 번듯해 보이는 나무 대문은 밝은 파랑이었다. 대문 기둥에 붙은 문패 속에 서민선 여사의 이름이 붙어 있었다. 물론 남편 김동호, 라는 이름 오른쪽에 나란히.

서민선, 서민선.

미양은 대문 앞에서 나직이 불러 보았다. 집을 확인한 후 탐색하듯 주위를 맴돌았다. 삐죽 열린 대문 사이로 하얀 개 한 마리가 방문객을 유심히 살폈다. 머리 부분의 검은 털이 모자를 쓴 듯한, 순둥이였다. 낯선 사람이건만 짖기는커녕, 되레 겁을 먹은 듯 움츠렸다. 우선 얌전한 개 때문에 집안을 살피는 건 수월했다. 윤후가 맘 놓고 고개를 대문 안으로 내밀었다. 인기척은 없었다. 마당 안으로 슬며시 발까지 들여 놓는 윤후의 등을 지켜보았다. 참외 서리꾼처럼 조심스레 살피는 윤후의 거동에 미양은 망을 보듯 주위를 두리번거렸다. 뭔 기척이 잡히면 윤후에게 얼른 신호라도 보낼 참이었다. 그러나 대문 안엔 시골 한낮의 적막만 한가득했다. 맘까지 턱 내려놓은 미양도 슬그머니 대문 안에 발을 들였다.

나란히 놓여 있는 댓돌 위의 초록색 슬리퍼와 흰색 남자 고무신, 집안엔 주인 없는 빈 신발 둘뿐이었다. 윤후가 마루 끝으로 다가갔다. 아무도 안 계세요, 하며 허투루 나지막한 소리를 냈다.

조심스레 윤후 뒤에 바짝 붙었다. 댓돌 위에 올라 집안을 둘러보았다. 담 밑의 꽃밭, 비스듬히 서로의 등을 기대고 누워있는 블록 안에는 맨드라미, 분꽃, 봉숭아, 샐비어 등, 꽃으로 가득이었다. 어린 날 엄마의 마당을 지키던 꽃들이었다. 서로 엉켜있는 듯, 그러나 눈여겨보면 그들만의 질서가 정연했다. 맨드라미 앞 쪽에 키 작은 채송화, 샐비어는 세 뼘 정도의 간격으로 드문드문 서 있는가 하면 옆가지를 늘어뜨리는 분꽃은 담이 돌아가는 모서리 공간을 여유롭게 지키고 있었다.

마당 중심에는 듬성듬성 까만 돌이 묻혀 있었다. 보폭을 알맞게 계산한 돌의 앉음이었다. 미양은 돌을 밟고 마당을 건너가 보았다. 걸음이 아주 편했다. 서민선 여사가 하루에 몇 번이나 밟고 지났을 돌이었다. 대문 앞까지 가서는 그 돌을 밟고 다시 마루 끝으로 돌아왔다. 발끝을 타고 올라오는 뭔가가 온몸을 관통해 가슴까지 치달아 오르는 것 같았다. 윤후는 마루 끝에 앉아 미양의 그런 양을 물끄러미 내려다보고 있었다. 몇 번인가를 더 돌을 밟고 갔다간 되돌아왔다. 미양은 마루 끝에 엉덩이를 걸쳐 윤후와 똑같은 앉음새를 취했다. 마당에 내려앉은 햇살은 안온했다. 지붕 끝에서 꺾여 내려온 햇살은 담 밑의 꽃밭에서 시름없이 노닥거리고 있었다. 마당을 점거하고 있는 고요에 넋을 놓고는 불청객임도 잠시 잊었다. 적막의 일부이듯 한참을 그렇게 앉아 있었다.

고개를 돌리니 방문 위에 걸린 사진틀이 눈에 들어왔다. 얼른 마루로 올라서서 사진틀 앞에 섰다. 중요한 단서 하나라도 놓치지 않으려는 탐정처럼 액자 속 사진들을 훑어나갔다. 사진들의 배치는 단정했다. 유치원 졸업 때의, 그리고 곱게 생긴 남자의 대학 졸업사진인 듯한, 누구인가의 결혼, 이런저런 행사 현장을 서민선 여사는 증인처럼 어김없이 지켰다. 고등학생쯤의 남자, 중학생으로 보이는 여자 아이, 눈매가 선한 청년, 가족은 모두 다섯으로 압

축되었다. 농부처럼 건장하고 호탕해 보이는 남자 앞에서 미양의 시선이 제법 오래 머물렀다. 서민선 여사가 사랑한 남자였다. 선한 눈매에 마음이 놓였다. 대학 졸업 모자를 쓴 청년이 결혼사진의 주인공이라는 퍼즐도 어렵지 않게 끼워 맞혔다. 사진의 주인은 아들이며 남자의 본처는 아들을 하나 두고 떠난 셈이었다. 서민선 여사는 제 딸이 엄마 없이 어린 세월을 보내는 동안 남자의 아들을 거두었다는 추리가 자연스레 마무리되었다.

서민선 여사는 행복한가, 필요 없는 의심이었다. 행복하지 않다는 단서는 사진 속 어디에서든 찾아낼 수가 없었다. 서민선 여사의 얼굴에 늘 그늘을 만들어 내리던 머릿수건 같은 것도 없었다. 너른 이마로 함부로 내려앉은 햇살은 그녀의 눈빛에 고인 웃음을 빛나게 했다. 시름이나 아픔은 물론 삶에서 발생하는 불화조차 돋보기를 들이대도 잡히지 않을 것 같았다. 안심이 되었다. 그러면서 가슴 어딘가에서 열패감이 꿈틀거렸다.

미양이 간직한 엄마의 사진은 하얀 수건이 내린 회색 그늘뿐이었다. 어떤 표정이 숨어 있을까, 아무리 살펴봐도 웃음은 짐작되지 않았다. 그러나 사진틀 안, 그녀의 표정은 그늘진 곳이 없었다. 서민선 여사는 행복했고 지금도 행복 중이었다. 분명한 확신이었다. 누구나 불행보다는 행복을 선호하니까. 그리고 무엇보담도 궁색해 보이지 않는 살림에 맘이 놓였다. 제 집이듯 한참을 앉아 있다가 돌아왔다. 미양을 여관에 데려다 준 윤후는 농활 팀과 합류하기 위해 돌아갔다.

목욕탕을 수리해 만든 여관임에 틀림없었다. 속궁근 굴뚝이 소소리 높게 떠있는 백년장 여관 앞에 서서 뛰어가는 윤후의 등을 바라보았다. 미양의 시선에 등이 가려웠던 겔까, 윤후는 급한 걸음을 멈추고는 잠깐 뒤를 돌아보았다. 그리고 내일 빨리 오마며 큰소리를 남기곤 돌아섰다.

그 여름날, 서민선 여사를 찾아갔던 생정 마을에서 미양은 일주일을 윤후와 함께 보냈다. 물론 서민선 여사의 집 반경을 벗어나지 않았다. 윤후는 농활 봉사를 끝내고도 미양과 함께 했다. 미양은 참으로 행복했다. 윤후와 함께 엄마의 마을에서 숨을 쉬고 있다는 것이.

마을에서 오면가면 서민선 여사의 하루를 들여다보았다. 행복하게 살고 있는가에 대한 확인이었다. 두 사람은 그녀의 집 주위를 중심으로 맴돌다간 하루를 마감하곤 했다. 아침에 일찍 일어나 파란 대문 앞을 지나 강가로 나갔다. 파란 대문이 다가오면 느릿한 걸음으로 집안을 살폈다. 머릿수건 같은 건 쓰지 않은 서민선 여사의 이마에 아침 햇살이 눈부시게 주저앉았다. 햇살이 버거운 듯 손으로 차양을 만들어 담 밖의 두 젊은 남녀를 바라보곤 했다. 어쩌면 내림바탕이 이끄는 지시였을까, 눈빛이 다정도 했고 따뜻한 웃음 속에 깊은 응시가 흐르는 듯했다. 마치 옛날에 알고 있었다는 것을 말해 주는 느낌이었다. 미양과 윤후는 무심으로 가장한 표정으로 답례이듯 고개를 숙이곤 지났다. 그 마을에서 미양의 머릿결엔 늘 머리핀이 꽂혀 있었다. 구슬 세 개가 박힌 엄마의 머리핀이었다.

어느 날이었다. 이번엔 서민선 여사가 뵈지 않았다. 우리 다시 되돌아올까, 윤후가 말했다. 왔던 길을 돌아 집 앞을 지났다. 이웃을 다녀오던 참이었을까, 서민선, 그녀와 돌아가는 골목길에서 마주쳤다.

안녕하세요, 하고 인사를 먼저 한 건 윤후였다.

애고 처녀 총각 휴가 온 모양이네.

네, 저희들 며칠 쉬었다 가려고요.

어디서들 왔누? 아가씨는 마늘각시 같구먼.

부산에서 왔어요.

얼른 윤후가 주워 넘겼다.

저녁 때 놀러 와요. 내 옥수수 쪄 줄게. 우리 집에 아무도 없어요. 오늘 모두 서울 큰아들네로 갔다우.

감사합니다. 저녁에 꼭 오겠습니다.

윤후가 얼른 초대를 받아 안았다. 뭔 횡재를 낚아채기라도 하는 듯 급한 말투였다. 파란 대문의 집을 돌아 나온 윤후가 눈을 찡긋했다. 얼마나 큰 소득이냐, 라며 으스대듯이. 그날 참 시간은 느림보 거북이었다. 저녁이 어쩜 느릿느릿 춘향이 걸음으로 다가오던지, 그러면서 미양은 자신의 심장이 순조롭지 못하고 엇박자로 놀고 있음을 느꼈다. 어떻게 서민선 여사를 대할 것인가, 아는 체한다는 가설은 추호도 없었다. 그저 한번 보고 싶었고 목소리라도 귀 여겨 담아 두고 싶었을 뿐이었다. 생각은 오리가리로 찢어져 복잡했다. 아버지를 만나 여자로서 가장 수치스런 수모를 겪은 그녀에 대한 가여움이었다. 미움이란 것도, 섭섭한 마음도 담아본 적이 없었다. 서민선 여사가 잘 살아가는 것을 소원했다. 자신이 사랑했던, 잊지 못해 강가에서 며칠이나 울었다던 남자를 다시 만났으니 애초에 행복에 대한 의심은 없었다. 마음이 설레서 윤후가 곁에 있다는 것도 잊을 뻔했다. 윤후와 함께 하면서 그녀를 지켜볼 수 있었던, 미양의 삶에 가장 빛나던 나날이었다.

시골의 저녁이란 해의 걸음으로 지시된다. 어스레하게 해가 이울면 그때부터 저녁은 시작이 되고 잠을 잘 때쯤은 밤으로 불리는 게 시골 시간의 모양이며 계산법이다. 시골살이 시간관념은 대강 그랬다. 둘은 저뭇한 시간을 기다릴 수 없어 일찍이 경호강 가로 나갔다. 서민선 여사가 울었다는 강가를 다시 찾았다. 미양은 큰 나무 아래 서서 이리저리 살펴보았다. 아버지의 시선은 어느 쪽이었을까, 잊어야만 하는 남자 때문에 울기에 마땅한 장소를 다시 찾았다. 윤후가 저 먼저 오른쪽 강가로 걸어갔다. 자그마한 키에 다정한 어깨, 세상의 너그러움을 다 몰아들여 환히 웃는 얼굴, 윤후가 뒤를 돌아보며 손짓했다. 따라 오라고.

미양이 윤후 뒤를 쫓았다. 빨래터 흔적이었다. 웅덩이처럼 바닥이 패였고 몇 개의 납작한 돌이 모여 있었다. 아, 여기구나, 짐작이 맞을 것 같았다. 옛날에는 도랑가가 모두의 빨래터였으니까. 수도와 세탁기가 갖추어진 지금의 강가는 호젓하고 차라리 쓸쓸할 뿐이다. 엄마는 어떤 자세로 울고 있었을까, 짐작이 어려웠다. 엄마가 도랑에서 빨래하던 모습을 떠올렸다. 그 기억으로 세운 무릎 사이에 얼굴을 묻어 보았다. 울기에 그럴듯한 자세가 만들어졌다. 미양은 한참이나 그렇게 앉아 있었다. 금방이라도 눈물이 아픈 감정을 도와줄 것 같았다. 서민선, 그녀의 감정을 데리고 나오면 주저 없이 쏟아질 눈물이었다.

강가에 앉아 있으려니 해가 서쪽 하늘로 고개를 돌리는 중이었다. 슬슬 걸음을 옮겨 서민선 여사의 집으로 향했다. 짧은 호스를 물고 앉은 수도꼭지 앞, 황토색 물통에는 박 바가지가 둥둥 떠 있었다. 오랜만이었다. 옛날 남사당패 마을의 박우물에 둥둥 떠 있던 그 바가지였다. 옥여봉 줄기에 샘고를 둔, 사당패 사람들의 생명이 되어주던 우물이었다. 모든 소문의 생산지였고 때로는 사건의 시작과 끝맺음도 보란 듯이 동네 아낙들은 박우물을 증인으로 내세웠다. 나 잘 났네 네 못 났네, 시빗거리도 아낙들은 박우물 앞에서 악장을 치곤했다.

서민선 여사는 아메바 무늬의 얇은 바지에 빨간 셔츠 차림이었다. 선한 눈망울이 미양을 쏙 빼닮았다고 윤후가 그랬다. 피는 못 속인다니까, 눈빛이며 콧방울이며 하얀 피부까지, 널 알아볼지 모르겠다. 핏줄은 까닭 없이도 당긴다잖아. 윤후는 평상 가까이에서도 말을 가만 놓아두지 않았다.

서민선 여사는 환히 웃으며 두 사람을 맞아들였다. 수돗가 평상에는 삶은 감자와 옥수수가 광주리 가득 담겨 있었다.

"저녁은 먹었수? 안 먹었음 좀 차리게, 찬은 볼 거 없지만."

둘은 약속이나 한 듯 함께 손사래를 쳤다. 세 사람은 오랜만에 만난 친척이듯 옥수수 광주리를 앞에 두고 마주 앉았다. 두 번째, 아니 윤후와 미양에겐 여러 번째의 만남이었다. 그래선지 낯설고 어려운 맘은 없었다. 윤후가 너스레를 심심찮게 떨었고 미양은 둘의 말에 눈만 따라다녔다. 미양은 주머니 속의 머리핀을 만지작거렸다.

"아주머님은 내내 여기서 사셨어요? 아님 다른 곳에서 이사 오셨는가 하구요."

윤후가 능청을 떨었다. 미양은 귀를 쫑긋 세우고 서민선 여사의 대답을 기다렸다.

"다른 데서 살기는. 난 이곳 바닥나기야. 여게가 내 고향이고, 애들 아빠도 여기 사람이고……."

말끝을 살짝 흘렸다.

"그러면 한동네서 결혼하셨구나."

옥수수를 베어 물던 윤후가 연득없는 말을 뱉었다. 미양이 슬쩍 윤후의 발을 건드렸다. 어디서 왔느냐, 총각은 농활 팀에서 본 거

같다, 등등 서민선 여사가 묻는 말에 윤후는 성의껏, 아니 필요 이
상으로 장황하게 대답했다.

서민선 여사와 첫 만남은 그렇게 옥수수를 먹으며 이루어졌다.
그 여름, 미양은 생정 마을에서 많이도 행복했다. 윤후가 곁을 지
켰던 탓일까, 맘 편히 서민선 여사를 바라볼 수 있었다. 그 마을을
다녀온 후 미양은 숨통이 트이는 것 같았다. 살아내기가 훨씬 수
월했다.

서민선 여사

　윤후와 화란과의 결혼설이 얼추 막바지에 이를 때쯤, 윤후 아버지의 부름을 받았다. 겨울 방학, 잠깐 집으로 돌아온 어느 날이었다. 미양은 무거운 걸음으로 윤후 네 대문을 들어섰다. 대문 앞에서 쉬이 마당을 건너지 못하고 엉거주춤 서 있었다. 그런 시간을 택했던 것일까, 아님 모두들 피해 나간 것일까, 집안은 텅 비어 있었다. 마당엔 늦겨울 애잔한 햇살만 곳곳에 딩굴고 있었다. 마치 슬픈 장면을 예시하는 영화 속 장치 같았다. 움츠리고 있는 마당의 햇살을 반나마 밟아나갈쯤, 안방 문이 열렸다. 윤후 아버지가 미리 준비해 둔 듯, 헛기침 소리로 미양을 불러들였다. 출타할 준비인가, 윤후 아버지는 셋갓춤 차림으로 점잖게 예를 갖추고 앉아 있었다.

　"들어오너라."

　마루 끝에서 머뭇거리는 미양을 불러들인 말이었다. 방을 밝히는 *끄먹끄먹한* 낮 등불은 차라리 애틋하였다. 이 또한 슬픈 결말에 대한 치밀한 준비 같았다. 다소곳 윤후 아버지 앞에 앉았다. 헛기침 몇 번으로 불편한 시간을 넘긴 후 말꼭지를 떼기 시작했다.

"내가 너에게 이런 말을 해야 한다는 게 많이 가슴 아프다. 그러나 결혼이란 사랑만으로는 살아갈 수 있는 게 아니다. 인간살이가 호락호락한 거 아니거든. 긴 말 안 할란다. 네게 상처 주는 말은 삼가고 싶다. 늘 내 여식처럼 여긴 너였으니까. 그래서 말인데 윤후의 앞길도 좀 헤아려 줬으면 싶다. 이 말만 할 게. 너는 누구보다 맘 따뜻하고 영민해서 잘 알아들을 거라 믿는다. 많이 미안하다."

조용조용 사정하는 말투였다. 윤후의 앞날을 헤아려달라는 말 앞에서 뭔 할 말이 있겠는가, 그래 할 말이 없었다. 그 말이 서글펐을 뿐이었다. 암말 없이 여겨들었다. 머리만 조아리고 가만 일어섰다. 대문을 나섰다. 두꺼운 나무로 만든 두 짝의 문에는 빗장이 튼실했다. 식구 모두가 잠자리에 들면 빗장을 걸러 나온 윤후 아버지의 기침 소리. 이젠 발자국 흔적조차 남길 필요가 없는 대문 앞에 서니 먹먹해졌다. 다시는 들어설 일이 없다…… 대문은 하루아침에 등을 돌린 매정한 정인 같았다. 불현듯 대문에서 적의가 느껴졌다. 얼마나 많은 날을 들락거리던 문이었던가. 미양이 내려 올쯤이다, 싶으면 윤후는 늘 숨어 서서 깜짝 놀라게 했던 문짝이었다. 그런 대문이 갑자기 타인처럼 낯설어졌다.

넘어서려던 걸음을 멈추고 대문 기둥을 바라보았다. 돌아서 나온 후 다시 넘어서 본 적이 없는, 윤후네 대문과 그렇게 이별을 했다.

끼리끼리, 윤후의 집안에서 화란을 선택한 건 그런 이치였을 것이다. 정호와 조촐한 예도 없이 결국 부부가 되고만 것도 무리끼리라면 티격태격 갈등 없이 잘 어우러지는 조건처럼 말이다. 그런 수순을 다 밟아 지나왔어도 마음은 언제나 배반을 꿈꾸었다. 마음 언저리에 굳은살처럼 박힌 기다림이 좀체 물러날 기색이 없었다. 미양은 그럴듯한 이유를 거머쥐고 어리석은 미련에 집착했다. 아니다, 절대 아니다 하면서도 윤후를 기다린 마음의 세월은 자꾸 쌓여만 갔다.

그렇게 희망을 움켜쥐게 된 건 결혼식 날 윤후가 잠적한 후부터였다. 유진을 키운 것도 기다림에 대한 평계였고 방패막이었다. 그렇게라도 하지 않으면 기약 없는 시간들을 죽 낼 방법이 없었다. 유진의 유치원과 초등학교를 미양이 거두었다. 자취방에서 유진을 키우면서 하루도 빠짐없이 윤후의 소식만을 기다렸다. 혹여 우편물 속에 흔적이라도 있을까, 길을 잊어 집을 찾느라 바깥을 나돌고 있는 건 아닐까, 불현듯 문을 열고 나가 살피곤 했다.

어느 날 우편함 속에서 윤희의 글씨를 발견했다. 편지를 쥔 손이 저 먼저 설레었다. 물론 윤후에 대한 기대였다. 분명 윤후의 흔적은 있었다. 잠적한 윤후에 대한 내막이었다. 윤후가 가려는 길을 이미 알고 있었고 그의 뜻을 이해했다고 윤희는 그렇게 쓰고 있었다. 미양에 대한 언급은 없었다는 내용에서는 약간의 의도적인 냄새를 흘리는 것 같았다. 무엇이, 누가, 윤후를 그렇게 변하게 했을까, 그의 하느님일까. 아무래도 그럴 것 같았다. 그를 맘대로 쥐락펴락할 힘을 가진 자는 전능하신 그분밖에는 아무도 없을 것이었다. 인간 세상에서의 모든 인연은 끊어버려라, 그가 받은 소명이었을 것이었다.

윤희의 편지는 감당할 수 없는 무력증을 데려 왔다. 심하게 앓았다. 기운을 차릴 수가 없었다. 삶으로 가는 끈이 동강난 채 나뒹구는 거 같았다. 미양의 물리적인 삶을 붙매이게 한 유진 때문이었을까. 안간힘으로 버티어냈다. 유진은 미양을 살아내게 한 변명으로 변해가고 있었다.

잊어라! 윤희의 마지막 글이 힘주어 읽어야 하는 웅변 원고 같았다. 네가 이겨 낼 수 있는 분이 아니다. 하느님을 택한 인간의 마음속엔 인간에 대한 사적인 정은 벌써 버린 지 오래다. 돌아올 것이란 기대도 하질 말고 이겨내어라. 윤희의 부탁, 아니 간절한 경고장이었다.

사진 두 장도 동봉했다. 설명하지 않아도 윤후의 사제 서품 현장임을 알 수 있었다. 아홉의 남자가 흰 제의로 나란히 누워 있는 모습이었다. 세 번째 남자의 누운 등에 희미한 동그라미가 그려져 있었다. 베개인가, 방석인가를 가슴에 베고 온몸을 땅에 뉘고 있는 뒷모습이었다. 꼭지만 땅에 붙여 놓은 구두 뒷굽은 하늘을 쳐다보고 있었다. 누운 세 번째의 남자가 윤후라고 믿어야 할 어떤 흔적도 찾아낼 수 없었다. 키가 작은 아담한 몸집에 증거를 둘까, 예리하게 훑어보면서도 미양은 윤후라는 단정에 손을 내밀어 줄 수 없었다.

두 번째의 사진에는 분명 윤후가 있었다. 주교인가, 머리에 손을 얹어주는 분 앞의 풍성한 머리숱은 분명 윤후의 것이었다.

사진은 미양의 체념을 강요하는 메시지였다. 자, 이런 증거도 있지 않냐, 하느님 구역의 신분이다. 더 이상 몸부림치지 마라. 윤후는 하느님의 도구로 사용될 것이며 그분의 소유다.

그리고 딱, 하고 못을 박아내듯 윤후가 이 나라에 없다는 통보를 했다. 미양의 단념을 촉구하는 최후의 통첩장이었다. 돌아올 수 없다는, 체념해야 한다는 것을 견뎌내야 하는 건 고통이었다. 얼씨구나, 야합을 모의한 절망과 무력증은 기운을 바닥내기 시작했다. 움직일 수가 없었다. 몸을 일으킬 이유는 죄다 윤후가 훔쳐 달아나고 말았다. 그 무력증과 타협하기로 했다. 자신의 몫이었다. 그래 맘대로 해 봐라. 그것들이 주도하는 것만큼 앓아 주었다. 실컷 부려 쓰던 무력증이 자신을 놓아줄 기미를 보일 때 가방을 챙겼다. 생정 마을, 그곳이라도 다녀오면 숨이라도 쉬어 쉴 수 있을 거 같았다. 진주에 내려 다시 버스를 갈아타고 미양은 산청읍을 향했다.

버스에 내려 제일 먼저 경호강을 찾았다. 강물도 시름에 젖은 겔까, 아니면 지치고 늙어가는 중일까, 윤후와 함께 바라보던 옛 모습이 아니었다. 세월의 무서운 횡포였다. 사람을 살릴 수도, 죽일 수도, 윤후를 잠적하게 만들 수 있는 건 세월의 힘이다. 저 혼자 그냥 지나가면 좋으련만 세월은 변화시키고, 앗아가기도, 전혀 낯선 것들을 데려다 놓기도 한다.

기운을 잃은 강물이 쉬엄쉬엄 물살을 일으키며 흘러가고 있었다. 강 건너 나무를 바라보았다. 다정하면서 또한 위용을 떨치기도 하던 엄장한 나무가 아니었다. 홀로 너른 벌판을 지켜내기가 버거운 듯 어린 나무는 안간힘을 쓰고 있었다. 늙은 나무는 어디로 간 것일까, 서민선 여사의 눈물을 지켜보았고, 아버지에게 윤간 당한 현장의 증거를 쥐고 있는, 그리고 미양과 윤후의 사랑에 따뜻한 시선을 아끼지 않았던 나무였다. 모든 상처에 대한 증거를 없애기 위한 세월의 음모인가.

햇살 속에 모여 앉은 마을 앞에 섰다. 마을의 상징처럼 하늘을 향해 우뚝 섰던 백년장 여관 굴뚝도 보이지 않았다. 마을 초입, 슈퍼마켓으로 시작된 길에 서면 뜬금없는 백년장 간판을 이마에 붙이고 어리무던하게 솟아있던 굴뚝이었다. 쓸모도 없는 제 모습이 부끄러운 듯 잔뜩 주눅 들어 있는가 하면 구름 둥실 떠가는 어느 여름날엔 하늘에 닿을 듯 큰 키를 뽐내기도 했었다. 생정 마을의 이정표이기도 했던, 머쓱하게 선 굴뚝에 눈을 떼지 않고 걸어가면 서민선 여사의 파란 대문이 어김없이 기다리고 있었다.

미양은 마을 입구에서 멍히 하늘만 바라보았다. 아무것도 없는 하늘, 사라진 굴뚝 때문에 이정표를 잃은 나그네처럼 미양은 골목 초입 앞을 서성거렸다. 마음의 나침반이 흔적 없이 사라지고 만 것이다.

슈퍼마켓도 자취를 감추었다. 검문소마냥 방문객 모두를 살피던 그래야만 통과를 허락할 셈인 듯 가게 안의 대머리 아저씨는 책상 앞에서 여마리꾼처럼 밖을 살피곤 했다. 찡찡거리는 유리문을 열고 들어가면 민간인 통제 구역을 지키는 군인 모양, 낯선 객의 아래위를 유심히 훑어보던 아저씨였다.

대머리 아저씨 가게 문도 잠겨 있었다. 손님 사절, 길게 늘어진 회색 커튼으로 표어를 대신한 채 가게는 침묵시위 중이었다. 가게 앞에서 멍히 서 있었다. 대머리 아저씨의 허가증이 없어 마을을 들어서지 못하는 방문객처럼.

마음 주었던 마을이 아니었다. 어느 한 시절을 살아보았을 것 같은 친밀함과 애젖함, 그것들 모두도 자취를 감추고 말았다. 윤후와 둘이 제 마을이듯 누비고 다니던, 그들만의 비밀이 곳곳에 숨어 있어 있는, 그리운 그것들은 어디로 가버린 걸까.

커튼이 드리워진 가게 앞에 쭈그리고 앉아 흐느꼈다.

누군가 어깨를 쳤다. 지팡이를 쥐고 선 할머니였다. 아무 말 없이 미양을 내려다보았다. 왜 그렇게 서럽게 울고 앉았느냐고 물어오는 눈빛이었다. 지팡이 잡은 손을 아래로 내린 할머니가 미양 옆에 나란히 앉았다.

햇살은 그대로였다. 모든 것이 세월에 휩쓸려 자취를 감추었어도 어깨를 감싸주는 온기는 미양의 눈물과 아픔과 사랑을 기억해 주고 있었다. 눈꺼풀이 내려앉은 할머니의 눈을 바라보며 강 너머의 나무에 대해 물었다. 큰 나무는 왜 보이지 않느냐고. 부실한 청각 때문일까, 할머니는 온 얼굴의 주름살을 모아들이며 다시 물었다. 뭐랬느냐며. 미양이 손을 가리켰다, 강 건너의 어린나무를 향해.

"아, 그 당산나무, 태풍이 앗아 갔어. 늙어 힘이 없었던 게지. 나처럼 말이야. 나이 들고 늙으면 다 그런 게야. 별스런 태풍도 아니었어. 애숭이 바람에게 맥을 못 추고 제 몸을 내어 주더만. 나이가 백 살도 넘었을 걸, 내가 이 동네에서 산 세월이 85년이니 나보다 나이가 더 많았거든. 우리 동네를 잘 지켜 주었어. 아니 우리 마을 사람들을 잘 보살펴 주기도 했지. 억울한 일이 있거나 힘든 일이 있는 마을 사람들의 비대발괄도 나무가 귀여겨 들어주곤 했어. 그런데 색시는 우째 당산나무를 잘 알우?"

"오래전에 이 마을에서 좀 머문 적이 있어요. 저 나무 아래 평상에서 놀기도 하고 낮잠도 잔 걸요."

잠깐의 시간에 곤히 잠든 미양을 보며 놀리던 윤후의 얼굴이 생각났다. 참 편한 잠 길이었다. 드디어 도착했구나, 고통스러웠던 마음 모두가 이완되는 안도감, 더구나 세상에서 가장 친밀한 두 사람이 머물고 있는 땅이었다.

"아, 그랬구면. 마을로 들어서면 저 나무가 먼저 반겨주니까. 그런데 저 나무가 떠난 후부터 마을이 많이도 흉흉했었어. 더러는 사람들이 죽어 나가고, 버스가 강에 뛰어든 적도 있었고, 한 해는 태풍에다 가뭄으로 흉년이 들기도 했지. 그래서 온 마을이 회의를 했어. 암캐도 마을을 지켜주던 당산나무가 없으니 세상 모지락스러운 것들이 함부로 마을을 깔보는 게라고. 나무 새끼라도 찾아 심어보자는 것 외는 두수 없다, 라고 입을 모았더랬어. 그리고는 새끼 나무를 찾느라 동네 사람 모두가 품을 팔았지."

할머니가 잠깐 숨을 고르는 동안 미양이 가방을 뒤져 사탕 몇 개를 꺼냈다. 비닐 껍질을 벗겨 낸 사탕을 할머니 입에 넣어 주었다. 나머지 몇 개는 할머니 손에 놓고는 꼭 오므려 주었다. 할머니는 사탕을 한참이나 오물거리며 햇살 속에 앉아 있었다. 미양도 할머니 곁에서 사탕 한 알을 입에 물었다. 제법의 시간이 햇살 속으로 흘러갔다. 그렇게 나란한 앉음이 지루하지 않았다. 치목의 연유도 조급하지 않았다. 할머니 옆에서 똑같은 앉음새로, 사탕을 오물거리며 해바라기를 하고 있는 게 아주 오래된 버릇처럼 편안했다. 그런 시간 속에 버스 두 대가 지나갔고 버스가 토해 낸 손님들이 두 사람 앞을 지나갔다. 어떤 사람은 꾸벅 할머니에게 인사만 건네며 마을로 들어가는가 하면 어떤 아주머니는 할머니 앞에 다가와 읍내 다녀온 이야기를 장황하게 풀어놓기도 했다. 미양은 그들의 이야기에 물끄러미 귀를 내주었다. 그러다간 가끔 한마디 참견을 건네기도 했다. 읍내 장에다 강아지 다섯 마리를 내다 팔고 온, 머릿수건을 동여 맨 키가 작은 아주머니였다. 기억에서 낯설지 않는 모습이었다.

"다섯 마리나 낳았어요?"

궁금할 것도 없건만 건혼난 듯 눈을 동그랗게 지어 올리며 물었다. 머릿수건 속의 얼굴이 궁금했다. 여름 햇살이 태우고 간 흔적일까, 주근깨와 검버섯이 어우러진 얼굴은 검숭했다.

"그럼요, 두 번째 배였어요. 첫 번 배는 한 마리밖에 낳지를 못했는데 이번 배는 제법 그럴싸했어요. 2만원씩이나 받은 걸요. 종자가 밉지는 안 했거든요."

장에서 사온 귤 봉지를 꺼내어 할머니와 미양에게 내밀고는 아주머니는 골목길을 따라 총총 걸어갔다. 수건을 동여맨 뒷모습이 점점 사라지고 있었다. 유년의 기억, 겨우 그것만을 간직하고 있는 엄마의 모습이었다.

"할머니, 나무는 찾아 내셨어요?"

미양이 주머니 속에 잠시 넣어 두었던 나무를 꺼내 놓았다. 게슴츠레 잠겨 있던 할머니의 눈이 다시 살아나기 시작했다.

"아, 그 나무. 그래 찾아내는 게 퍽이나 힘이 들었어. 그런데 참 기특한 일도 있제. 제 몸 밑에다 친 새끼 나무를 어떤 이가 산 언저리에 심어 두었단 걸 알아냈지. 천만다행이었어. 결국은 나무를 찾아냈어. 그 나무가 새끼 나무인가, 그건 문제가 아니었어. 우린 믿었으니까. 그저 위불위없는 마음만으로 그 자리에다 심었지. 제 새끼가 그렇게 자라고 있었다는 걸 어미 나무도 알았던 모양이야. 그러니까, 큰 나무도 마음 놓고 갔겠제."

할머니는 강 건너 어린 나무에 손짓을 했다. 사람으로 가늠하자면 유진이 가출하던, 열다섯쯤을 살고 있다고 짐작하면 될까, 풋풋한 순정의 나이를 살고 있는 그 새끼 나무가 이른 여름 바람에 몸을 맡긴 채 맘 놓고 흔들리고 있었다. 열다섯쯤의 시절, 참도 예쁜 나이.

그 나무에서 윤후의 열다섯을 보았고, 윤희와 자신의 열다섯도 그려 보았다. 얼마나 황홀한 날들이었던가. 말이 없어도, 말을 하지 않아도, 눈에 보이는 모든 것들이, 가슴에 저 먼저 들어 와 설레던 나날들. 그리운 시절들이 바람이 되어 강 건너 나뭇가지를 흔들고 있었다.

미양은 서민선 여사를 만나기 위해 일어섰다. 이번엔 엄마라는 이름을 불러보리라, 꼭 그럴 참이었다. 머리핀을 단정하게 꽂았다.

마을을 들어서는 골목을 바라보았다. 골목 끝에서 왼쪽으로 돌아가면 서민선 여사의 파란 대문이 나올 터였다. 미양은 일어서서 바지를 털고 가방을 손에 거머쥐었다. 그녀가 일어서자 할머니도 지팡이에 기대 일어설 준비였다. 미양은 할머니 손을 잡아 일으켜 세웠다. 인사 대신 툭, 하고 입속에서는 엉뚱한 말을 토해내고 있었다. "할머니 제가 조금 아는 분이 이곳에 살아요. 이 골목을 따라가면요."

지팡이를 잡고 돌아서려던 할머니가 말했다.

"누군데? 내게 먼저 물어 봐. 나는 여게서 태어났고 여게서 시집 살이 했고, 그래서 다 알아. 모르는 게 있으면 다 나한테 물어보곤 해. 동네일에 대한 거꺼정. 내가 다 일러 줘. 옛날 가뭄이 들어 비빌이할 때도 내가 앞섰고, 누구누구는 어느 날에 어떻게 돌아가셨다, 그런 거꺼정 내가 다 일러주곤 해. 내 기억이 좀 신통하거든. 누굴 찾아왔는데?"

잠겨 있던 할머니의 눈에 다시 동공이 떠올랐다. 총기로 맑아 보이는 눈동자였다. 할머니는 미양의 말에 대한 준비를 끝낸 듯 미양의 입만 바라보며 기다렸다. 준비에 어설펐던 건 미양이었다.

"저 길에서 왼쪽으로 돌아가면 파란 대문의 기와집이 있잖아요. 김동호라는 분이 사는 집 말이예요."

"웅 그래 알지, 알고 말고, 민선이네 집이네 뭐."

"할머니 서민선 씨 아세요?"

반가움과 놀람, 미양은 눈을 크게 지어 올리며 할머니 옆에 바짝 붙어 팔을 감아 안았다.

"민선이를 내가 모르면 되나. 내 조카인데. 동생 딸이야. 글고 내가 키웠어."

말문이 막히고 말았다. 누가 도와 준 것일까, 미양은 어느 누구인가를 향해 꾸벅 절을 올리고 싶었다. 고맙습니다, 고맙습니다, 하는 말을 입안에 머금고는.

"그분을 만나러 왔어요. 혹여 잘 계시나 해서."

할머니의 환한 눈동자가 또 바깥나들이를 시작했다. 목소리도 잠겨 들었다.

"민선이를 어떻게 아누?"

"아, 몇 년 전에 그분 집에서 신세를 좀 졌습니다. 농촌 봉사활동 나왔을 때인데 옥수수며 감자도 얻어먹었어요. 참 좋으신 분 같아서요."

"그럼, 좋은 사람이었제. 그런 사람이 복이 없어."

불길했다. 미양은 잡아 놓은 팔로 바짝 붙어 섰다.

"뭔 일이라도?"

"뭔 일이 있었제. 누가 그렇게 쉽게 갈 줄 알았나. 나 겉은 늙은이나 데려가지."

팔부터 힘이 빠졌다. 반가움에 움켜잡았던 팔이 먼저 늘어져 내렸다. 앞이 보이지 않았다. 세상이, 아니 하늘이 주저앉는 것 같았다. 잘 살고 있겠거니, 그래서 찾지 않았다. 그게 엄마를 편안하게 해주는 유일한 효도라 생각했다. 어느 날은 엄마 서민선 여사가 보고 싶어 가방을 챙기기도, 어느 날은 가방을 들고 버스 정류장 앞을 서성인 적도 있었다. 어떤 날은 그걸 견뎌내지 못해 버스를 타고 생정 마을로 달려 와 먼발치에서 잠깐 훔쳐보고 가기도 했다. 그런 후 세월이 훌쩍 많이도 달아났다. 그 사이에 세상을 버리다니. 불행한 일은 모두 떼를 지어 한꺼번에 다니러 온다는, 미양에 맞춤한 말임에 틀림없었다. 윤후도 떠났고 이제 그녀도 없다. 치마 앞으로 위세당당 몰려들 오는 상실감은 미양의 모질음을 짓밟고 또 짓밟기만 했다.

세상의 모든 것은 미양에게만 우호적이지 않았다. 골목을 따라 서민선 여사가 살던 집을 둘러보았다. 문이 닫힌 채 인적이 없었다. 폐가처럼 암울했다. 골목을 다시 돌아 나와 강가로 갔다. 강가, 이젠 흔적도 없는 빨래터를 찾아가 비로소 제 자리를 찾은 듯 울기 시작했다.

자궁암이었다, 했다. 그렇게 암이 빨리 퍼지는 경우도 흔하지 않았다 했다. 서민선 여사가 마지막으로 만나고 싶었던 사람이 미양, 자신이었다는 것도 전해 들었다. 그러나 찾기도 전에, 아니 찾기를 시작할 때 기다리지 못하고 떠났다 했다. 한 번만 더 보고 죽고 싶다고 했다, 한다. 눈을 감기 전에 꼭.

아이가 생정 마을을 찾아 왔는데 어미라는 말을 하지 못했다고, 그 말을 하지 못한 게 한이 된다는 말도 했단다. 미양은 그 말쯤에서 더 울었다. 서민선 여사는 미양을 알고 있었던 것이었다. 윤후의 행방이 묘연했을 때 혼자 찾은 생정마을, 엄마는 완두콩 넣은 밥과 미양이 좋아하는 고등어구이 살을 발라 밥 위에 얹어주곤 했다. 옥수수와 감자를 쪄놓고 해질녘을 기다리고 있었던 엄마, 밥을 차려주고 싶다고 다음날 꼭 오라했을 때 윤후와 미양은 손사래를 치며 괜찮다고 했던 그 저녁, 서민선 여사가 이것저것 내오며 붙잡았던 이유가 이제야 이해가 되었다. 미양은 엄마의 빨래터에서 목 놓아 울었다. 윤후가 있었더라면, 그가 미양의 옆을 지켜주었더라면…… 그것까지 눈물을 부추겼다.

윤희

희망이 없다는 것이 삶에 꼭 마이너스가 되는 조건만은 아니다. 희망 없음이 삶의 지표를 결정하는 데 부담을 덜어주어 순조로울 적도 있다. 이래도 좋고 저래도 좋은 세상, 저까지로 죽기밖에 더 하겠어, 체념이 더러는 엉뚱한 길을 마련해 줄 적도 있다. 뭔가를 포기한다고 해서 모두를 잃는 게 아니다. 잃어버린 빈자리에 다른 세상이 손님처럼 찾아올 수도 있다. 희망 같은 건 어쩌면 무리한 집착이었는지도 모른다. 희망에 대한 탐욕을 버리고 나면 어떤 절망이 다가와도 두려움의 간여가 없다.

정호에게 함께 살아 보자고 먼저 청한 건 그 절망의 선동이었다. 쌍클하게 지어 올린 정호의 눈에 무서운 울기마저 가세했다. 무 자르듯, 가당찮은 일 만들지 말라며 왼고개를 저었다.

"나 때문에 논 서마지기 없앴잖아."

자신이 툭 뱉어낸 말에 핑계모가 필요했을까, 미양이 주섬주섬 주워섬긴 말갈망이었다. 그러나 정호의 말타박도 만만찮았다.

"됐어. 그까짓 논, 그게 빚이라 생각했다면 그만 접어. 유진이 키워줬잖아. 누가 그렇게 키울 수가 있어? 아무도 너만큼 유진이를 거둘 수 없을 거야. 제 어미조차도."

미양이 교육대학 마지막 등록금은 정호 몫의 논 서마지기 값으로 마련했다고 했다. 아버지가 매매하려한 밭 보담 정호 논이 먼저 팔렸기 때문이었다. 정호는 제 논이 돈을 만드는데 더 수월할 것이라는 걸 알고 있었던 것이다. 논값으로 치른 등록금이니 꼭 기억해 두라는 아버지의 뜻도 알아챘다.

두 번째 제안에 정호의 역정은 차라리 노여움이었다.

"너, 사는 거 자체를 포기한 거 같구나. 논 서마지기에 자신을 팔 아넘길 그런 가치밖에 안 되는 사람이었어? 짚신 머리에 국화 방울 다는 소리 그만 해라. 세상이 다 안다. 나는 네게 거령맞는 주제밖에 되지 않는다는 걸. 이제 그만 해라. 듣는 나도 거북하다. 너한테 동냥 받는 거 같아 더욱 싫다. 내가 거령뱅이냐?"

살고 또 살아내도 결국 희망이 부재하는 삶이었다. 표류하는 자신의 삶을 손잡아 줄 어떤 끄나풀 하나 보이지 않았다. 그 절망으로 결국 휴직서까지 제출했다. 하루하루를 겨우 견뎌내는 핑계는 유진이었다. 유진을 학교에 보내고 기다리고, 그게 일과였고 그것 말고는 할 수 있는 일은 이 세상에 아무것도 없었다. 미양이 살아내는 꼬락서니가 결코 변할 기미가 없음을 알아차린 정호가 버티던 맘을 풀었다. 정호와 함께 하는 삶에는 고향을 떠난다는 조건이었다. 그것만이라도 버티어낼 수 있을 것 같았다.

어디로 갈 것인가, 하고 유진의 책상 앞에 걸린 지도를 방바닥에 펴놓았다. 부지런히 손가락을 짚어 나갔다. 누가 시킨 듯 남녘을 두고 멀리 위쪽 땅으로 올라가고 있는 손가락을 지켜보았다. 손가락은 미양의 간절한 맘을 싣고 결국 북쪽의 섬, 강화 땅에서 멈추고 말았다. 섬이란 말이 맘에 들었다. 고립, 이라는 도구를 함부로 쓸 수 있는 땅이었다. 가끔은 자신도 섬이 되고 싶은 적이 많았다. 그럴 적이면 미양은 방문을 잠그고 바깥세상과의 차단으로 자신의 섬을 만들어내곤 했다. 그렇게 결정된 섬, 강화였다. 사당마을의 모든 것을 훌훌 털어버리기에 충분히 먼 땅이었다.

마을의 소리며 냄새, 사람들의 시선이며, 무엇보담 멍에처럼 달고 다니던 남사당패란 딱지를 깡그리 떼어버리기에 맞춤한 떠남이었다. 정호에게 억지다짐도 받았다. 이 땅에 모두 버리고 떠나자고, 줄 같은 건 다시 생각지 말자고.

이것저것 아버지가 남겨 둔 것이며, 정호의 몫도 정리했다. 먹고 살 일은 염려하지 않아도 될 것 같았다. 희망이란 건 차라리 집착이었다. 모든 것에 맘을 버리고 나니 어떤 결정에도 무리가 따르지 않아 편리했다. 정호가 남사당 흔적만 털고 온다면 절망적인 삶이 의외로 성공을 거둘지도 모른다는, 은근한 기대까지 꿈지럭거렸다. 새로운 곳에서는 새로운 삶의 시작도 가능할 것 같았다. 굵은 동아줄이 되어 마음을 옭아매던 생정 마을의 모든 것, 그것 들과 멀어지는 물리적 거리도 한몫 거들었다. 엄마와 윤후, 가장 사랑한 두 사람의 기억, 아니 상흔이었다. 사랑한 사람들에 대한 깊은 상처를 치유할 수 있는 방법은 멀리, 그 흔적으로부터 벗어 나는 것이 최선일 거라 생각했다. 모든 정리를 끝내고 떠나왔다.

정호는 노을이 제법인 마을에다 집을 짓기 시작했다. 집을 짓는 동안 정호는 자신이 어름사니라는 걸 까마득히 잊어버린 듯했다. 맘을 놓아도 될 것 같았다. 땀을 흘리며 일하는 정호의 모습이 보 기 좋았다. 옛날 줄에서 놀던, 신기에 가까웠던 어름사니 모습은 찾아볼 수가 없었다. 다행이고 또 다행이었다. 이제 그까짓 누추 한 모든 기억들은 소멸점을 향해 천천히, 아니 아주 빠른 속도로 달려가는 중이었다.

집은 얼추 완공이 되었고 중학생이 된 유진이 전학 온 학교도 잘 적응하고 있는가 싶었다. 겉보기엔 여느 집처럼 그럴듯한 모양의 가정이었다. 아이와 그 아비와 어미, 제대로 구색을 맞춘 단란한 가정으로 손색이 없었다. 정호는 날마다 뚝딱뚝딱 소리를 내며 뭔 가를 일구어 냈고 미양은 이 두 남자를 위해 부엌을 들락거렸다. 그녀의 모의는 거의 성공적이었고 제자리를 잘 찾아 앉고 있었다.

정호는 집을 가꾸는데 해참까지 정성을 쏟았다. 해질녘이면 지 붕을 훨씬 웃도는 굴뚝에선 연기가 피어오르고, 가을이면 울처럼 둘러싸인 나무들이 연출하는 단풍 빛이며, 청명한 하늘이 담아내는 겨울밤 가득한 별빛이며, 모든 것들이 미양을 흠흠하게 했다. 잘 떠나왔어. 잘 버리고 왔어. 누추하고 암울했던 굴레에서의 해방이었다. 아무도 모르겠지, 사당마을 출신이란 딱지는 어느 누구도 눈치 챌 수 없는 비밀이었다.

집짓는 일에 한손을 놓은 정호를 찾아온 불청객, 그 무료함이 아니었다면 미양은 자신의 음모가 척척 성공의 길을 걷고 있다고 믿었을 것이다. 그렇게 되어야만 하는 게 옳은 수순이었다. 정호는 남아돌아가는 시간들을 제대로 추스를 방법을 찾아내지 못했다. 슬슬 바깥 세상에 눈을 돌리기 시작했고 어느 날부터 외출이 잦아지더니 정호의 모든 것이 변해갔다. 무료와 권태에 절어있던 정호의 얼굴은 바람 낀 흔적으로 들떠 있는 듯했다. 어느 날은 마치 소풍날을 헤아리는 아이처럼 잠자리를 뒤척이곤 했다. 미양은 그것만으로도 충분히 정호의 변화를 눈치 챌 수가 있었다.

유진이 도시락을 챙겨 학교로 간 아침이었다. 미양은 수저를 놓고 일어서는 정호를 불러 앉혔다. 단호하게 죄어쳤다.

"요즘 당신 시간들이 수상해."

정호는 올 것이 왔다는 듯 주눅바치처럼 기가 죽었다. 쥐 숨듯이 고개만 숙인 채 입을 다물었다.

"솔직히 다 말해 주었음 좋겠어. 하나도 숨김없이."

한참이나 묵묵히 섰던 정호가 의자에서 일어났다. 그리곤 무릎을 꿇었다. 무릎 꿇음으로 자신의 행위에 대한 인정을 요구했다. 아니 간청이었다. 도저히 견뎌낼 수가 없었다고 했다. 줄을 타지 않는 삶은 살아있는 게 아니라고 말했다. 제 몸의 모두가 허룩해져서 종내는 빈껍데기만 남을 것 같다고 했다. 다행히 전등사 통화리 패거리들을 만나게 되었고 온 마음이 그쪽으로 쏠려들어 갔다고 했다. 정말 그랬다. 몰래몰래 줄타기를 시작하는 정호의 나날은 봄날 움을 틔우는 나무처럼 그러다 환한 꽃을 피워내는 것 같았다. 이미 물이 들고 만 정호를 말린다는 건 건넛산 꾸짖기였다. 체념해야만 한다는 걸 알면서도 미양은 깊은 배신감을 주체할 수가 없었다. 같이 살아 보자, 정호에게 말한 건 절망의 늪에서 허우적이는 자신을 구출하기 위한 구호였다. 정호가 어름사니 흔적만 지워주어도 다른 모든 건 견뎌 낼 수 있을 것 같았다. 그러면 자신이 그려둔 밑그림으로 이렁성저렁성 엔간한 무늬를 그려나갈 수 있는 삶이 되리라 기대했다. 미양이 정호에게 진심으로 열어 두었던 맘이었다. 이곳 강화도에서 정호가 다시 줄을 잡을 것이라는 건 상상도 못했다. 마음을 닫게 된 건 신의의 부재 때문이었다. 미양은 자신의 시간 앞에 도사리고 앉은 절망과 다시 마주한 것이다.

정호가 무릎을 꿇고까지 자신의 줄을 되돌려 받은 며칠 후였다. 미양은 처음으로 전등사를 찾았다. 늙은 사찰은 도대체 무슨 힘으로 정호를 어름사니로 불러낸 걸까, 전등사라는 절의 꼴이 하 궁금했다. 단군 셋 아들의 땀으로 축성되었다는 삼랑성에 빌붙어 아치형으로 겨우 뚫어낸 문 앞에 섰다. 전등사 입구였다. 그 아치 사이로 소나무 가지들이 삐죽 얼굴을 내밀었다. 일주문도 없는 아치를 지나 오랜 세월 사람의 발길로 다져진 흙길을 올랐다. 나이 많은 느티나무가 지키고 선, 너른 마당을 지나 대웅보전 계단을 올라갔다. 계단 끝에 앉아 정호의 연희가 펼쳐지는 너른 마당을 내려다볼 참이었다. 조금은 오만한 시선, 그렇게라도 해야만 나이 든 사찰에 언걸입은 마음이 반나마 풀릴 것 같았다. 내려다본다는 것과 올려다보는 시선의 차이는 사뭇 다른 의미이다. 내려다보고 싶었다. 한껏, 오만한 시선이 필요했다. 한참을 그렇게 눈꼴틀리게 아래 마당을 내려다보았다. 이길 수는 없다는 건 이미 알고 있었다. 생명이 없는 것들, 형체를 가지지 않은 어떤 힘에 대항한다는 건 부질없는 객기라는 것도 이미 알고 있었다. 그건 윤후의 하느님에게서 이미 터득하고 체념한 이치였다.

미양이 대치할 이번의 적수는 부처였다. 세월이 내린 뿌리로 엄위를 부리고 있는 사찰, 윤후를 관장하는 그분과 감히 비길만한 힘이었다. 불가항력, 이길 수 없는 것들에의 대항은 어리석은 짓이다. 절망으로 고개를 들어 올렸다. 그녀의 시선 끝에 발가벗은 여자가 매달렸다. 감히 발가벗은 여인, 그런 주제임에도 나부의 몸과 눈빛은 오만했다.

넷 추녀 끝을 온몸으로 받히고 앉은 나부, 도편수를 배신하고 그

의 가방까지 챙겨 딴 사내와 눈 맞아 밤길을 택한 죗값으로 쭈그
려 앉은 그녀, 도편수의 원한이라 했다. 도편수는 여인을 발가벗
겨 천 년 만 년 추녀 밑을 떠받혀 배신의 값을 갚으라, 했단다. 사
랑을 위한 도피. 그 사랑의 선택 때문인가, 발가벗긴 여인의 눈빛
은 의외로 도발적이었다.

사찰을 다녀온 후 미양은 나부를 닮아가는 자신을 느꼈다. 나부
는 자신이었다가, 자신이 나부였다가, 어쩌면 나부와 자신이 동일
한 인물이 되기도 했다. 아주 큰 여행 가방을 마련했고 가장 밑바
닥에 정호의 논 몇 마지기 값이 든 통장을 숨겼다. 여권을 만들었
고 그 속에 자신의 마음까지 감추어 두었다. 배반을 모의하지 않
았다면 정호를 견뎌낼 수 없었을 것이었다. 미양은 자신의 치명적
인 상처 대신 결국 나부의 길을 선택하고 만 것이다.

나부를 만나고, 나부로 살면서 정호와의 단절은 그렇게 불편하
지 않았다. 별로 손해될 거 없는 계산이었다. 저울 위에 올려놓아
도 미소한 차이로 나타날 배신과 배반의 무게였다. 미양의 음모는
그렇게 은밀한 성장을 시작했다. 비밀한 가슴 한쪽은 자신이 만들
어 둔 모의가 음지식물이 되어 튼실한 뿌리를 내리고 있었다

그러나 사춘기에 들어선 유진의 피새는 극을 향했다. 미양과 달
리 대처하는 방법은 자신을 삯군으로 세워 품을 들였다. 사사건건
트집바탈을 부리더니 제 나이답게 직선적인 대항을 시작했다. 제
몫으로 받아내야 할 상처를 양보할 수 없다는 선전포고였다.

어느 날, 미양이 「당신의 집」에서 돌아와 보니 마당은 아수라장, 마치 전장 터 같았다. 두 동강 난 작수목, 뱀의 허물 같은 삼줄이 마당 구석에 팽개쳐 있었다. 깨진 화분이며 목이 동강난 꽃들이 구석구석 나뒹굴고 있었다. 정호는 보이지 않았다. 유진의 방문을 열었다. 몇 대쯤, 아니 어떻게 된방을 맞으면 뺨이 저렇도록 붉은 흔적으로 패일까, 유진의 얼굴은 마치 문신을 새긴 듯 어지럽고 복잡했다. 유진은 분에 못 이겨 들이떨며 울고 있었다.

"왜 그랬니?"

보지 않았어도 짐작은 손금 보듯 훤했다. 미양에게 무릎 꿇음으로 선전포고를 한 정호가 마당에까지 본색을 드러내기 시작했다. 작수목을 세우고 삼줄로 줄타기 연습장을 만들고만 것이다. 견디어 내지 못한 유진이 작수목을 도끼로 팼을 것이고, 정호 또한 가만있을 리 만무했을 것이고. 인정할 수 없는 아들과 줄을 타지 않으면 살아낼 수 없는 아비와의 전투였다.

"아버지 줄 타지 않겠다, 약속 했잖아요."

"그래 하긴 했지. 약속이란 지켜야 하는 책임이 있지만 그 바람은 어쩌면 우리의 어리석은 희망인지도 몰라."

"고모는 왜 말리지 않으세요?"

유진의 질타가 미양에게로 달려들었다. 눈물 글썽한 눈에 원망은 얼룩처럼 어른거렸다.

"트레바리처럼 무조건 말려서만 될 수 있는 일이 아니니까. 누

구나 제가 하고 싶은 일이 있어. 어쩌면 자신의 전부일 수도 있는
그 일을 누군가가 물리적인 힘으로 가로막는다고 생각해 봐. 어떠
하겠니. 우린 그럴 권리가 없어. 유진이나 나 또한 마찬가지야. 아
버지 입장이 지금 그래. 이제 아버지를 그냥 놓아 드리자. 아버지
의 삶에 우리가 몽짜를 부릴 자격이 없어. 그래 봤자 아무 소용없
는 일일 터이고. 지금 아버지의 삶을 휘두르는 건 삼줄이야. 우리
인간은 언제나 생명이 없는 것들에는 불가항력이야. 절대 이겨낼
수가 없어. 그 삼줄은 아버지의 삶을 주도하는 영혼이야. 이젠 우
리가 물러서 줘야 할 때야. 유진아 아버지의 삶을 존중하는 마음
으로 양보한다고 마음먹자. 아버지의 삶을 우리가 함부로 휘두를
수는 없어."

아버지의 삼줄을 인정 못하는 유진의 상처는 흔적을 드러내기
시작했다. 담배와 술을 일찍 받아들였다. 미양을 잘 따랐지만 유
진에겐 미양은 늘 고모였다. 유진과 정호 사이는 돌이킬 수 없는
지점으로 치닫기 시작했다. 잦은 가출이 시작된 것이다. 유진을
찾기 위해 쥐꼬리만한 정보라도 얻기만 하면 어디든 찾아 헤맸다.
정호와 유일한 목적으로 마음을 맞추어 본 건 유진을 찾아 나서던
그때일 것이다. 찾아야만 했다. 오직 유진을 찾아내는 것만이 두
사람의 절대적이고 일치된 희망이었다. 창녕의 어느 마을까지 내
려갔다. 창녕은 남자와 가출한 유진의 생모가 살고 있는 곳이었
다.

예상대로 제 엄마 있는 곳에서 유진을 찾아냈다. 유진은 순순히 미양을 따라나섰다. 유진은 전문대를 졸업하고 군대를 다녀온 후 외삼촌이 살고 있다는 호주로 떠났다. 가구점을 하는 외삼촌 밑에서 잘 살아가고 있다는 소식을 가끔 보내왔다.

유진이 떠난 후에도 미양은 무력증을 앓았다. 무력증은 새로운 상실감을 맞이할 때마다 약속이나 한 듯 찾아 들었다. 윤후가 떠났을 때 미양을 지켜준 유진이었다. 유진이가 있어 상실감을 치유할 수 있었다. 미양은 유진을 싣고 떠나는 비행기를 멍하니 바라보았다. 하늘이 유난히 파랗던 가을날이었다.

공항에서 돌아온 날에도 미양은 다짐이듯 가방을 점검했다. 여권과 통장을 숨겨 둔 가방이었다. 정호와의 삶은 늘 바람 같은 것이었고 가방은 은둔하는 증인이었다. 그러나 쉬이 비행기를 타진 못했다.

유진이 없는 허수한 시간들이 미양 앞으로 몰려들어 왔다. 그런 시간들을 견뎌내는 건 언제나 더 많은 품이 들었다. 친밀한 어느 누구와 보낸 시간들은 그것들이 떠난 후에야 아픔으로 대체된다. 상실감은 남아있는 사람들의 몫이고 앓아내는 시간들로만 치유가 되는 것이다. 유진이 떠난 후 식탁부터 교체했다.

그러던 어느 날 성당 주보에서 봉사자 모집 광고를 보게 되었다. 뭔가를 손에 쥐어야만 허수한 시간들을 견뎌낼 수 있을 것 같았다. 뇌졸중 환자들의 요양원, 그곳을 찾아 봉사를 시작한 건 유진에 대한 상실감에서 연유한 것이었다. 아니 정호에 대한 깊은 배신감이 주도한 길이었다.

그곳에서 윤희를 만났다. 또 한 번 전능하신 하늘의 그분에게 기가 죽고 말았다. 이렇게 만나게 해 주시는구나, 그래 너희들 잘 견뎌내고 잘 참아 주었다. 그래서 내가 주는 선물이다. 그분의 말씀이 들려오는 하늘에 두려움이 일었다.

두려움, 자신이 숨겨 둔 가방의 모든 이유가 발가벗겨지고 있다는, 윤희네 하느님에 대한 두려움이었다. 미양의 가방은 언젠가 윤희에게서 온 마지막 소식에서 얻어낸 희망이었다. 편지는 낯선 나라 소인이 찍혀 있었다. 아프리카인가, 초원의 들짐승들이 평화로운 사진이었다. 사슴, 사슴들 무리였다. 그 중 유난히 맑은 눈으로 미양을 바라보고 있는, 한 사슴의 눈빛이 윤희 같았다. 그리고 윤후의 것이기도 했다. 그리고 동봉된 윤후의 행적은 뜻밖이었다. 먼 나라에 있는 그들의 존재에 대한, 그 소식은 꿈 하나를 발아시켰다. 언제든 시도할 수 있는 꿈이었다. 이 세상, 어딘가의 지명을 가진 곳에 분명히 살아있으니까. 여권과 통장, 그뿐 아니었다. 미양의 가방 속엔 사무친 그리움도 함께 은둔 중이었다. 그녀의 삶, 막다른 길에 다가온 마지막 주제로 만들어진 가방이기도 했다.

그렇게 윤희는 미양의 앞에 서 있었다.

멍히 그녀의 얼굴만 바라보았다. 손을 먼저 내민 쪽은 윤희였다. 미양은 그녀의 손을 잡고 눈물만 쏟아냈다. 무슨 말부터 먼저 해야 할지, 말꼬가 트이지 않았다. 감정을 표현하는데 눈물만큼 쉬운 수단이 또 있을까, 볼을 타고 내리는 눈물이 저 먼저 미양의 마음을 휘두르고 있었다. 미양이 한없이 우는 동안 윤희는 묵묵히 지켜만 보았다. 가만 등을 두드려 주던 마리아 수녀가 손을 잡아끌었다. 그녀의 손에 이끌려 사무실에 들어갔다. 윤희가 의자에 앉혀 줄 때까지 미양의 눈물은 그칠 줄 몰랐다.

20여 년 만에 만난 미양의 울음을 위무해 주는 여자, 그건 신의 영역을 차지한 특별한 권한이었다.

"수녀님, 아프리카에 계신 줄만 알았는데요."

미양의 말투가 조심스러워졌다. 아직도 적대적인 어느 분에 대한 두려움 때문인지 몰랐다. 약간의 적개심까지 갖춘, 그러면서 경외심을 버리지 못하는 그분에 대한 마음이기도 했다. 맞은편에 앉은 윤희 또한 그랬다. 자신을 분명하게 각인시켜 주려는 듯, 미양의 말투에 알맞은 답을 보냈다.

올가 자매님이 되셨군요. 반갑습니다. 귀국한 지 10년이 넘었답니다. 자매님이 많이 궁금했었는데 알 길이 없더군요. 몇 번 엽서도 보냈고 고향 다녀오는 길에 수소문해 보았지만, 제 사는 일이 바빠서 또 묻히고 말더군요. 제가 제대로 찾아왔군요. 오 하느님, 감사합니다. 제 기도에 응답해 주셔서."

미양의 훌쩍임에 위로하는 윤희의 방법은 하느님 규율을 벗어

나지 않았다. 자신을 맡긴 그분 틀에 맞는, 그분 맘에 꼭 드는 인사법이었다. 미양의 비밀한 가슴 곳곳에 꼭꼭 숨겨 두었던 열패감이 다시 고개를 들고 일어났다. 절대로 이겨낼 수가 없어, 대항할 수가 없는 거대한 힘을 지니고 있는 분에 대한 가여운 적개심이었다. 미양의 모든 것을 다 앗아간, 도저히 대적할 수 없는 권력자이신 분.

'어느 날 불나방들이 회의를 했어. 우리는 왜 저 불을 정복하지 못하는 걸까. 그래 저것들을 이기기 위해선 우리가 불의 정체를 알아야만 한다고 모두들 떠들었어. 선발대를 뽑기로 했어. 저 불의 정체를 파악하기 위해 누가 먼저 갈까. 어느 불나방 한 마리가 선택되었어. 불나방은 활활 타고 있는 불 근처로 갔지만 다가갈 수 없었어. 그리곤 돌아와서 그들 무리에게 고했지. 불의 색깔은 붉은 빛이었다고. 불의 빛깔만으로 불의 정체를 알 수 없다고 생각한 리더는 다시 선발대원을 뽑기로 했어. 불나방은 이번에야말로 저 정체를 알아 오겠다며 용감하게 불 근처로 갔어. 그러나 가까이 갈수록 열기 때문에 견딜 수가 없었던 거야. 돌아와서 그들 무리에게 알려 줄 수 있는 건 불은 뜨겁다는 것뿐이었어. 그것만으로 불의 정체를 정리할 수 없었던 무리들은 다시 유능한 대원을 뽑아 보내었겠지. 유능한 그 불나방은 멀리에서는 불빛과 열기밖에 알 수 없어 더 가까이 더 가까이 불 속으로 다가간 거야. 결국 불나방은 불의 정체 속으로 뛰어들었지. 그래서 불의 정체를 알게 된 거야. 오직 그 나방만이 불이 무엇인지, 어떤 속성을 지닌 것인지 알 수 있었던 게야. 불나방이 저렇도록 불빛을 향해 달려드는 건 아직 그 정체를 알지 못해서, 알기 위해서 저러는 거야. 불 속으로 투신한 나방만이 알 수 있거든.'

어느 여름밤, 불빛을 향해 달려드는 나방을 보며 윤후가 들려준 이야기이다. 윤후는 지금 불나방처럼 불 주위를 맴돌고 있는 것일까. 제가 선택한 하느님의 정체를 알아내기 위해서. 그러고 있을 것이다.

윤희와 만남은 그렇게 시작되었다. 새로운 만남이었다. 사사로운 유년은 함부로 꺼내놓을 수도 없는, 윤희는 분명 하느님 나라의 사람이었다.

주엽

요양원을 들어서는 내내 뭔가가 들붙어 치마꼬리를 끄잡는 것 같았다. 화란의 목소리였다. 마리아 수녀에게 화란을 이야기해야 만 하나. 하면 어떻게 말꼭지를 떼나, 미양은 여러 장면의 기회를 구상해 보았다. 그러나「당신의 집」이 가까워질수록 바람 빠진 풍 선 마냥 생각들은 왜소한 부피로 오그라들고 있었다. 마리아 수녀 는 옛날의 윤희가 아니다, 그 의미가 점점 생각을 주도하기 시작 했다.

저만치「당신의 집」건물이 보였다. 그렇다 할 만한 문이 없는 요양원이다. 문턱이 주는 허술함은 오히려 드나들기에 편하다. 뇌 졸중을 앓고 있는 환자들 모두의 소원은 대문을 스스로 걸어 나가 는 게 꿈일 것이다. 대문을 복구하지 않는 건 환자들에 대한 배려 가 아니었을까, 미양의 생각은 그랬다.

마리아 수녀는 성모상 앞에 놓을 새로운 꽃을 마련해 놓는 중이었다. 하얀 크로커스가 담긴 화분이었다. 그것들을 가지런히 모아 정리를 하던 그녀가 미양의 기척에 뒤를 돌아보았다.

"올가 자매님, 오늘은 좀 서두르셨네요."

"오늘 버스 길이 수월했어요. 예쁘다, 성모님 많이 좋아하시겠다."

시익 웃는 윤희의 입가에 덧니가 살짝 걸렸다. 여유, 라는 말을 마리아 수녀는 아직도 기억하고 있을까, 미양은 화분 속 진잎을 뜯어내는 그녀의 등을 잠시 바라보았다. 어렸을 적 윤희는 그랬다. 꿈이 없는 아이였다. 아니 꿈이 너무 소박하여 아무도 알아보지 못했다. 미양은 제 꿈대로 교직에 잠깐 머물렀고 허화 끼 많은 화란 또한 어떤 이유에서건 그녀가 동경하던 미국의 너른 땅에 삶을 풀어 놓았다.

'나는 그냥 모자라지도 넘치지도 않는 조금, 정말 눈곱만큼의 여유만 있으면 돼. 그렇게 살고 싶어. 시간이나 물질, 또는 심적인 여유 말이야. 아니면 조금은 모자라는 것도 좋지만 나는 너무 많고 거대한 건 두려워. 감당이 어려울 것 같아.'

그녀의 말에 간드러지게 웃으며 화란이 말했다. 피, 뭐 그런 게 꿈이야, 너무 보잘것없어 가엾기까지 하다야. 누가 그랬어. 꿈은 거대할수록 거둬들이는 게 많다고. 나는 내 인생을 멋지게 운영할 거야.

윤희는 그때부터 저 회색 입성을 염두에 두고 있었던 곌까. 그녀 아버지가 회장으로 있던 성당 공소에서 준비한 씨앗으로 키워 낸 그 꿈을 이루어낸 것일 게다. 어렸을 적, 윤희는 거의 공소 마루에서 하루를 보냈다. 다급한 볼일이 있어 윤희를 찾아야 할 적이라도 별로 어렵지 않았다. 들판 가운데 창고를 개조한 공소로 달려가면 윤희는 그곳에 있었다. 이마에 손차양을 만들어 창 안을 들여다보면 마루의 방석을 정리한다던가, 꽃병의 꽃이나 물을 갈아 준다던가, 아니면 앉아 묵주 기도를 드리는 윤희의 모습을 볼 수 있었다. 가만 묵주 알을 돌리는 그녀의 등을 창밖에서 훔쳐보다간 그녀의 등에 걸려 있는 고요가 너무 경건하여 미양은 자신이 온 이유를 잊어버리기도 했다. 언젠가 화란이 거늑한 제 꿈을 꺼내놓고 수선을 부렸을 적, 윤희는 그렇게 넘치지 않는 소박한 삶을 원한다고 말했다. 윤희다운 꿈이었다. 암말 없이 서 있는 미양에게 화란이 말했다. 넌 꿈 비슷한 것도 없니, 하고……. 꿈이 아니라 꿈 비슷한 거, 라고 했다. 화란의 말이 풍겨내는 뉘앙스를 짐작하는 건 어렵지 않았다. 그날 미양은 그들의 꿈에 가담하지 않았다. 초라해서였을까, 아니면 화란의 말대로 번듯한 꿈이 아닌, 꿈 비슷한 모양이어서일지도 몰랐다.

"뭐 걱정되는 일이라도?"

머뭇거리며 서 있는 미양을 빤히 쳐다보며 마리아 수녀가 말했다.

"아뇨."

성모상 앞에 두 손을 모으며 미양은 마리아 수녀가 읽어낸 표정을 털어냈다.

'윤희야, 나 화란이 전화 받았다.'

마리아 수녀가 아닌 윤희의 이름으로 살고 있다면 스스럼없이 토해냈을 말이었다. 하느님 이름으로 자신을 통제하고 다스리는 그녀의 세상이었다. 미양의 말은 더 이상 발걸음을 떼지 못했다. 결국 눌러 삼킨 말을 지닌 채 요양원 안으로 걸어갔다. 사무실에 들어가 기록카드에 간단히 서명하고 탈의실로 향했다.

탈의실에는 아직 다녀간 누군가의 흔적은 없었다. 외투를 벗어 손에 든 채 의자에 앉아 멍히 창밖을 내다보았다. 마리아 수녀는 주차장에서 걸어 나온 모니카와 이야기 중이었다. 곧이어 마리아 수녀를 두고 모니카가 걸어오고 있었다. 그녀는 미양과 같은 조를 이루고 있는 봉사자이다. 그녀가 봉사를 시작한 이유는 뇌졸중을 앓다가 세상 떠난 동생 때문이라 했다.

'생때같은 목숨, 풍을 맞아 며칠 후 세상을 버렸지요. 앞날이 창창했는데, 부모 없이 자라 혼자 공부하느라 고시원에서만 살았어요. 변을 당했을 때 누군가 옆에 있었더라면 그런 일은 없었을 테죠. 너무 늦게 발견했어요. 나는 그놈 공부시키느라 이 기술만 늘었는데…… 정말 뭐 때문에 살아야 하나, 삶의 목표를 잃었던 적이 있었어요.'

미장원을 운영하는 모니카가 동생을 언급할 적이면 목소리에까

지 울음이 맺혀 들었다. 세상에 단 하나밖에 없는 혈육이었다고
했다.

"벌써 오셨어요? 오늘은 내가 일등 하겠구나, 싶었는데. 또 한
발 늦고 말았네요."

인디언핑크 투피스 차림이었다. 피부가 깔끔한 그녀에게 잘 어
울리는 톤이었다. 모니카는 옷도 벗기 전에 종이컵에 일회용 커피
를 뜯어 넣었다. 종이컵 하나를 더 빼내어 흔들어 보이며 미양의
의도를 물었다. 고개를 끄덕여 그녀의 커피를 받아들이곤 다시 창
밖을 내다보았다. 성모상 앞에는 아무도 없었다. 마리아 수녀가
정리해 둔 화분 앞엔 심심한 햇살만 모여 놀았다.

"카제인 나트륨 대신 우유를 첨가한 이 커피가 요즘 굉장히 인기
더라구요."

모니카는 종이컵에 코를 박고는 혼잣말처럼 뇌까렸다. 커피 한
잔을 다 마신 후 모니카는 옷을 갈아입었고 미양은 그녀와 함께
'베드로의 방'으로 향했다.

문을 열면 묵은 냄새일까, 잘 삭지 못한 여섯 사람의 체취 같은
게 손님을 먼저 맞는다. 미양은 문을 열어 두고 그 냄새와의 적응
을 시도한다. 그런 미양과 달리 모니카는 잽싸게 안으로 들어가
냄새에 얼른 중독되는 편을 택했다. 그들과 손잡고 아침 인사를
나누는 동안 한 패거리가 되어 버리는 냄새에 얼른 적응한다는 모
니카의 말이었다. 모니카가 멈추는 곳이 어디이든 늘 환한 웃음꽃

이 피어난다. 환우들에게 모니카의 인기는 당연히 최고였다.

수요일은 환우들 목욕 봉사이다. 사실 「당신의 집」에는 가족이 없거나 이런저런 이유에 의해 버림을 받은 환우들이 거의 다 차지한다. 어떤 경로를 통해 들어 왔건 그들의 이유는 마음 아팠다. 다행히 가족이 있는 경우도 있다. 비교적 마음의 상처가 가벼운 경우이다. 누구에게서 버림받지 않았다는 건 불행의 잣대에 오를 필요가 없기 때문이다.

휠체어에 태우고 목욕실에서 수온을 확인한 후 몸을 씻긴다. 혼자 힘으로는 버거운 목욕은 항상 두 사람이어야만 감당할 수 있는 일이다. 미양은 모니카와 팀이 된 것에 다행해 하고 늘 감사했다. 모니카와 함께이면 어떤 힘든 일이든 수월하게 넘어간다. 모든 환우에게 진심을 바쳐 대하는, 모니카만의 특별한 성향은 모든 봉사자들의 훌륭한 지침이 된다.

대부분 사용을 금지당한 신체 기관, 그런 남자의 몸에서 생명의 의미를 찾는다는 건 불가능하다. 사랑하는 누군가와 열심히 시선을 주고받았을 젊음의 눈빛은 이미 기운을 잃었고, 많은 일에 힘을 바쳤을 팔 또한 스스로 부리지 못하는 무용지물이 되었다. 남자의 발가벗은 몸은 봉사 시간을 많이 바쳤건만 늘 버거운 부분이다. 포기하지 않고 꾸준했던 것도 '윤희'라는 이름이 내린 그늘 때문이었으리라.

"이렇게 무심한 남자도 있어, 여자가 이렇게 희롱하는 데 반응이 없으니.”

또 시작이었다. 모니카는 제 손이 하는 일에 우스개로 장단을 잘 맞춘다. 말로서 곤란한 자신의 손을 변명하는가 하면, 품이 많이 드는 일도 몇 마디 말을 곁들여 가볍게 해치운다. 미양은 그런 모니카의 재치와 여유까지를 좋아한다. 사람이든, 사물이든 진지하고 정직하게 대하는 삶이 예의이며 최선인 줄 알았다. 모니카의 사소한 말들의 효과 앞에서 그 생각이 무참해짐을 느끼곤 한다. 가벼운 유머 한마디가 틀에 박힌 엄격한 진실보다 얼마나 큰 위력을 발휘할 수 있는지를 늘 증명해 보여주는 모니카이다. 그렇게 적절한 언어 조절로 그녀는 배가된 효과를 얻어내곤 한다.

“애고, 우리 요셉 형제님 소싯적에 한 코쭝배기 했겠네. 그렇지요? 틀림없이 이 잘난 코에 반해 여인네들이 줄을 섰을 게야. 키꼴이 변변하기나 할까, 눈구석에도 큰 이쁨은 없어. 훌륭한 신부님 배출에는 이 콧머리가 제대로 한몫 했겠어.”

모니카의 말버슴새가 이때를 넘어갈쯤이면 미양은 얼른 몸을 싸안을 마른 수건을 준비해야만 한다.

“도무지 웃기를 하나, 아니면 싫다고 앙탈이라도 좀 부려 보시던가. 세상에 재미없는 사람이야. 요셉 형제님, 제 말 틀린 거 하나 없죠?”

가끔 그녀의 말이 유머 수위를 웃돈다 싶을 때도 있다. 그럴 적이면 행여 가까운 곳에 있을 수녀님들의 귀가 맘에 걸려 미양은 버릇처럼 문을 살피곤 한다.

"어때서, 참말인데."

소심함을 나무라는 모니카의 참말 한마디에 무안해진 미양은 얼굴을 붉힌다.

점심 후엔 모니카의 오후는 지층으로 내려가 환우들의 긴 머리를 잘라주는 일을, 미양은 의식이 분명하지 않는 사람들을 위한 책읽기나 음악을 들려준다.

미양이 맡은 오후 일에는 두 환우가 있다. 비비안나, 윤희 엄마이다. 윤희는 엄마의 마지막을 위해 함께 이곳으로 자원했다. 윤희 엄마는 생의 마지막에 더부살이로 앉은 여러 증상들에 안간힘으로 버티는 중이다. 윤희 엄마 돌보는 일은 미양이 스스로 청한 일과이다.

또 한 사람, 지금 열일곱 살을 살아 내고 있는 주엽이다. 처음 주엽을 만났을 때, 죽은 듯 아무런 반응도 없는 상대 앞에서 미리 절망했다. 쇠귀에 경을 읽는다는 섣부름이 함부로 내린 판단이었다. 아이의 배후를 이해하지 못했을 적이었다. 의식의 존재는 어떻게 정의할 수는 없는 추상의 세계지만 굳이 불가능을 먼저 앞세울 필요는 없다. 주엽과의 시간이 쌓여가면서 미양의 맘은 믿음 쪽으로 기울었다. 사랑으로 생성된 믿음은 미양 자신에게도 보람과 위안이 선물이듯 되돌아왔다.

오늘은 시디 한 장을 챙겨 왔다. 중학교 삼 학년 때, 그러니까 재

작년 주엽은 뇌졸중의 피격을 피하지 못했다. '불행한 사람들의 마지막 안식처'라는 모니카의 말에 반박할 어떤 마땅한 근거는 찾을 수 없다. 이곳에 정착한 환우들 거의 모두가 불행을 배경화면으로 깔아둔 암울함이 재산뿐인 삶이다. 그 중의 주엽은 어린 나이였다. 다급하게 맞은 풍을 감당하기엔 너무나 버거운.

오 하느님.

미양이 주엽은 처음 만났을 때 내뱉은 말이다. 죽은 듯이 누워 있는 주엽 앞에서 무심한 하느님을 원망했다. 풍은 도대체 뭐가 급해서, 어디 갈 곳이 없어서 어린 것의 앞길을 가로막고 나서는가, 몹쓸 것.

미양은 그때 처음으로 풍에, 바람에 대한 적의를 느꼈다. 무차별 난사하는 총알 같은 뇌졸중, 주엽은 그 불운을 피하지 못했다. 이 아이에게 가한 풍의 횡포를 용서할 수 없었다. 주엽 앞에서는 상습적이듯 마음 한 쪽이 비수에 찔린 듯 아파왔다. 원만한 환경에서 피아니스트를 꿈꾸던 소년이었다. 피아노 콩쿠르 참가를 위해 지방으로 가던 중, 부모님과 함께 당한 교통사고였다. 부모를 한꺼번에 잃은 충격, 설상가상으로 사고 중에 혈관 내벽까지 손상되었다. 그리고 떨어져 나간 혈관 부스러기인 혈전이 뇌혈관을 막았으며 '색전성 뇌경색'을 유발하고 말았다. 시술로 급한 조치를 취했지만 아직 완전한 치유를 보지 못하고 있는 경우이다. 뇌출혈이 합병증으로 나타났으나 다행인지 죽음의 고비는 넘겼다. 뇌변

장애 중에 종종 발생하는 실어증 증상까지 가세했다. 실어증이란 뇌의 병적인 변화로 인해 발생하는 언어 장애이다. 주엽은 다행히 재활하기에 어렵지 않은 '브로카실어증'으로 분류되었다. '브로카실어증'의 경우 알아들을 수는 있지만 말을 할 수 없는 증상이다. 그렇지만 주엽은 자신의 언어 기능 모두를 거부했다. 치유를 위한 의지부재라는 더 절망적인 장애를 가진 경우이다.

요양원은 희망을 포기한 사람들의 마지막 정착지일까, 사방을 둘러보아도 절망의 바이러스들만 진을 치고 있을 뿐이다. 젊은 사람들에게 비교적 우호적인 증세인 뇌졸중이 어린 주엽에게만 냉소적인 걸 보더라도.

처음엔 책을 읽어주거나 음악을 들려주는 일로 시작했다. 그것 외엔 할 수 있는 게 아무것도 없었다. 미양 또한 그 절망에 미리 야합하고 만 셈이었다. 아이의 손을 닦아 주던 어느 날, 오른쪽 중지에 박혀 있는 쥐눈이콩알만한 점을 발견했다. 그 까망의 점이 미양을 빠끔 쳐다보았다. 그러더니 어느 날부터 말을 걸어오는 것이었다. 주엽의 마음이 길을 열어 준 창구라고 믿었다. 그래서 시작한 말이었다. 의학적인 소견으로라면 들을 수도 있고 아니면 듣지 못할 수도 있다. 그러나 그런 건 중요하지 않았다. 믿음이 있었고, 또 희망을 선택했고, 그래서 아이에게 뭔가를 해 주고 싶은 사랑이 언어라는 방법을 택한 것이다.

"스테파노(주엽) 나 왔다."

맨 먼저 손을 잡는다. 그러면서 미양은 자신의 존재를 주엽에게 인식시키는 인사를 한다. 그리고 손을 잡으면 그 손끝으로 주엽의 마음이 전해져 오는 걸 느낀다. 주엽에게선 손으로 전해지는 온기가 있었다. 병실 안 내내 그 손을 놓지 않았다. 이야기를 할 때나 음악을 들려줄 때나 책을 읽어줄 때도.

그리고 항상 이야기의 첫머리는 지금이란 시각에서 걸음을 뗀다. 주엽이 눈을 감고 거부하고 있는 현실, 지금의 시간이나, 오늘, 그리고 지금을 지나가는 계절 등, 가장 가까이에 잡히는 것을 택한다. 창밖 풍경을 스케치하여 들려주는 봄 이야기나 요양원을 들어서면서 만난 나비, 혹은 마루를 기어 다니던 집게벌레의 모습이라든지. 주엽에겐 지금, 당장의 시간들이 중요했다. 지금을 털고 일어나야만 빛나는 미래나 그리운 과거를 얼마든지 제 몫으로 움켜쥘 수 있기 때문이다.

"스테파노, 눈앞이 훨씬 환해졌지? 커튼을 걷어냈어. 지금 창밖, 목련나무 가지에 회색 옷차림이 멋진 새 다섯 마리가 뭔가를 쪼고 있어. 산비둘기야. 포르르, 두 놈이 다른 가지로 옮겨 가네. 포르르, 아줌마는 새들의 날갯짓을 표현한 이 말이 참 좋아. 누가 이런 말을 만들어 냈을까. 포르르, 포르르, 새는 날개 끝에다 이 말을 늘 매달고 날아다니는 것 같아."

미양은 국수나무 가지 같은 주엽의 다섯 손가락을 펴서 제 손과 깍지를 꼈다. 늘 그랬지만 주엽이 보낸 마음의 모양일까, 그런 것들이 미양의 손가락 사이를 흘러들어 오는 것 같다. 아주 서서히 시작하는 전류의 흐름 같기도 한, 미온의 열기가 주엽의 꼬챙이 손에서 전해져 온다. 물론 미양의 간절한 희망으로 가열된 미열일지 모른다. 희망을 위해서라면 이렇게 일삼는 조작조차 은근히 설레었다. 희망이란, 높은 가치로 환산해도 괜찮을 훌륭한 상품이기에.

깍지 낀 손 그대로 창밖으로 시선을 옮긴다. 산비둘기들은 어디로 날아갔을까, 꽃봉오리를 머금고 있는 목련나무엔 정적만 걸려 있다. 그 뒤쪽엔 산수유나무 울타리가 일매지게 서 있다. 휘붐한 안개를 살짝 둘러쓴 듯, 엷은 노랑의 꽃을 가지마다 거느리고.

"어제 말이야, 주엽과 헤어진 후 집으로 돌아갔겠지. 열무를 다듬으려던 참이었어. 그런데 말이야 열무 밑에서 슬금슬금 기어나오는 긴 벌레를 보았겠지. 지네였어. 그것도 아주 큰 놈. 지네가 기어가는 모양은 많은 다리가 마치 노를 젓는 배 같아. 나는 다리를 많이 거느린 벌레가 젤로 징그러워. 그렇게 큰 놈은 처음 봤어. 무서웠느냐고? 주엽아, 당연히 무서웠지. 너무 무서워서 꼼짝도 못하고 한참이나 놈을 지켜보았어. 10센티도 넘는, 아주 당당한 놈이었어. 겁도 없는 생게망게한 그 놈이 말이야, 나 같은 건 아예 투명 인간으로 취급해버린 채 유유히 마루를 기어 다니는 거야. 어떡할까, 한참을 서서 궁리를 했겠지. 마침 살충제가 생각났어. 일단 그걸로 놈을 기절시켰지. 그런 후, 휴지로 덮쳐 비닐봉지에 가두었어. 비닐에 바늘구멍도 뚫어 주었지. 오후 내내 놈에 대한 관찰을 했단다.”

주엽도 겁먹은 겔까, 찡그린 얼굴빛. 물론 미양이 지어낸 허상이었다. 그러면서 웃는다. 이젠 주엽의 표정쯤이야 원하는 대로 조작해 내는 자신에 고소를 금치 못하면서 볼을 꼬옥 꼬집어 준다. 사실 너도 무섭지, 하면서.

비닐 속에 갇힌 지네는 오후 바닷길을 함께 했다. 지네가 아니라 생명이었다. 그 생명은 아주 멀리 멀리에 유기하는 방법을 취했다. 바닷가 근처 풀숲에 풀어 놓고. 살아내는 것은 자네 몫이네, 하고 말했다. 최선을 다했다면 생명은 유지할 것이라는 말을 주엽에게 들려주었다. 누구든 살아낼 수 있는 기회는 평등하다는 말도 함께.

그 날은 지네의 투혼을 기대하자는 이야기로 끝을 맺었다. 그리고 마지막 프로그램인 음악 듣기는 막심 므라비챠의 피아노 연주를 택했다.

“우리 어제는 바흐였지 그지? 오늘은 림스키코르사코프의 ‘왕벌의 비행’을 골라봤어. 그것도 막심 므라비챠의 연주로 말이야. 아줌마는 그의 열혈 팬이었거든. 한때 그를 낳고 키워 준, 크로아티아라는 나라를 무척 동경하기도 했어. 제법 오래 되었네. 예술의 전당이었어. 검은 의상은 그의 트레이드마크야. 그때의 감동을 어떻게 말할까, 우와, 건반 터치가 예술이 아닌 완전 마술 수준이었어. 누군가는 막심의 연주는 괴기스런 공포 영화에 등장하는 왕벌이라고 악평을 하더라만 그건 관점의 차이겠지."

휴대용 오디오에서 건반 터치가 유달리 바쁜 막심의 연주가 흐른다. 주엽의 손을 잡고 미양은 함께 선율을 따라 나섰다. 주엽의 눈은 깊게 감겨 있다. 정말 눈앞의 모든 것을 거부하는 걸까. 두터운 어둠에서 무엇을 두려워하는 것일까. 미양은 아이의 눈두덩을 가만 쓰다듬었다. 그랬어도 아주 편안한 표정으로 음악을 듣고 있는 중이었다. 아니 그렇게 믿고 싶었다.

주엽의 얼굴에는 막심이 실어 나른 '왕벌의 비행'이 안온한 오후와 함께 조심조심 노닥거린다. 막심의 연주가 슬슬 대단원을 향해 서두르는 봄날, 주엽에겐 음악 이상의 마땅한 치유가 없을 거라는 믿음을 창밖의 풍경에게 이듯 혼잣말로 되뇌인다.

윤희 엄마

　사립문을 나서면 사당패 마을 하늘을 오롯이 담아내는 호수가 눈 아래 있었다. 뙤약볕이 버거운 여름이면 제 몸의 비늘로 뒤척이다가 하늘에 둥실 달이 오르면 달빛 물결로 온 밤을 혼자 노닥거리는, 그 호수에서 살짝 엄지손가락만큼 고개를 돌리면 사람 마을 지붕들 너머로 바다가 아득했다. 구름 몰려오는 날이면 온통 잿빛으로 찡그리다간 하늘 푸르면 저도 따라 맑은 낯빛 닮아내는가 하면, 그러다 바람이라도 들이치는 날이면 물갈퀴를 일으켜 제 성질을 맘껏 부려대곤 하던 바다였다. 그 수면 위로 내려앉는 다정한 봄과 여름은 저마다 달랐고 가을은 한없이 고적했다. 차분하고 냉정한 겨울의 물결은 다가오는 봄을 위한 준비였고 기다림이었다.

　사당마을의 유일한 재산이었던 풍경의 전모다. 사당패 마을 신분으로 넘치는 소유, 그것 또한 가슴 깊이에 저장된 아픔이었다.

새줄랑이 같은 사당패 기억 전부는 아픔으로 채색되었어도 독립된 풍경은 언제나 우호적이었고 비밀한 가슴에 저장된 그리움이었다.

어느 날 그 풍경 속으로 윤희 엄마가 올라오고 있었다. 윤후와 화란의 결혼 날이 정해진 후였다. 마치 건너편 밭일을 가던 참인 듯 호미 쥔 차림으로 미양의 마당 앞을 기웃거렸다.

그러다 마당에 발을 들여 놓고서는 작수목 양끝으로 매달린 삼줄을 올려다보았다. 푸릇푸릇 곰팡이가 스며든, 마당 한가운데서 허공을 가르듯 길게 뻗어있는 줄이었다. 그 줄이 새삼스러운 듯 유심히 살펴보았다. 작수목을 만져 보기도, 손을 뻗어 삼줄을 잡으려 발돋움하기도 했다. 그런 모습을 창 안에서 죄다 지켜보았다. 그 줄이 미양에게도 처음이듯 생경스러웠다. 문득 몸 어디선가 통증이 기척을 부렸다. 가슴을 훑어 나가던 그것들은 줄 끝에 뭔가를 매달아 두곤 달아났다. 혐오였다. 여태껏 숨겨 왔던 줄이 제 정체를 드러내고 있었다. 그 줄이 자신의 삶을 갈기갈기 찢어 놓은 범인으로 돌변했다. 틀림없었다. 그렇게 살갑던 윤후 아버지가 미양을 밀어낸 것도 삼줄의 주도였음이 분명했다. 윤후와 화란과의 결혼, 이 불행의 모든 혐의는 삼줄이 둘러써야 마땅했다. 사당마을 신분은 작수목 양끝을 팽팽한 수평으로 지키고 서 있는 삼줄에서 발아한 것이다, 이 모든 이유들이 쟁쟁하게 드러나고 말았다.

처음 보는 것도 아니련만 윤희 엄마는 작수목 사이에서 빠져나와 맞은편 쪽으로 걸어가 줄을 비껴 하늘바라기를 했다. 파란 하늘에 금간 유리처럼 떠 있는 줄, 윤희 엄마는 쌍갈진 하늘을 손갓까지 만들어 바라보았다. 그런 모습을 방안에서 하나도 놓치지 않고 훔쳐보았다. 마침 아버지는 공연 일정으로 집을 비웠고 미양은 방학 중이었다. 미양이 혼자 있을 거라는 것도 다 알고 온 윤희 엄마였다.

마당을 한 바퀴 빙 돌고 나온 윤희 엄마가 창문을 두드렸다. 아주 조심스러운 두드림이었다. 소리만으로 윤희 엄마의 마음을 짐작할 수 있었다. 첫소리에 반응이 없자, 미양아, 하고 아주 나지막한 소리로 불렀다.

"울고 있었니?"

아무런 인사말 없이 문을 여는 미양에게 내민 말이었다. 마루로 올라서던 윤희 엄마는 축대에 놓인 신발들을 가지런히 정리했다. 미양의 슬리퍼며 운동화, 그리고 아버지의 검정고무신까지.

"눈이 부었구나."

암말 없이 서 있는 미양을 향한 두 번째 말이었다. 그때야 기다렸다는 듯 미양은 어깨를 들이 떨며 울기 시작했다. 미양을 가만 안아주었다. 달리 그녀를 위로해준 말은 없었다. 어깨를 다독이며 가여운 것, 가여운 것, 그 말만 입가에 담아냈다. '나는 말이다, 너를 내 딸처럼 여겼다, 미양이가 행복했으면 참 좋겠다. 다 잊고…….'

그 말만 남기고 마당을 내려섰다. 신발 옆에 얌전히 눕혀 두었던 호미를 챙겨 들고 마을로 내려가는 뒷모습을 한참이나 바라보았다. 나지막하고 다정하게 미양을 불러 주던 윤희 엄마의 목소리, 단정하고 너그럽고 따뜻한 윤희, 근엄하면서 인자한 윤희 아빠, 모든 생활이 믿음으로 채워진 그런 가정에서 자란 윤후 또한 나무랄 데 없었다.

방학이 되어 윤후가 돌아오면 미양과 윤희 셋의 시간은 늘 함께였다. 일요일, 그들이 성당에서 미사 참례를 하는 날이면 미양은 아랫마을 공소에서 올라오는 종소리에 맘을 얹어 두곤 했다. 미사 시간에 맞추어 은은하게 울리는 종소리는 윤후 몫이었다. 녹슨 양철 지붕 밑에서 긴 줄을 당기고 있을 윤후, 소리에 가만 귀문을 열면 마치 윤후가 보내는 메시지로 들려오기도 했다.

윤희 엄마가 돌아가고 난 마당을 둘러보았다. 마당 위를 덮고 있는, 하늘을 반으로 쪼개듯 당당한 삼줄이 떠있었다. 마당 구석구석에는 사당패 흔적들이 어지럽게 나뒹굴고 있었다. 낡고 찢어진 영기 쪼가리, 깨어진 꽹과리, 닭 모이통으로 쓰이는 오그라진 징, 제 수명을 다한 벅구며 상모들이었다.

그날 오후, 그 마당의 낯빛은 달랐다. 어제의 마당이 아니었다. 가면 속에서 나타난 음흉한 악마였다. 이제껏 아버지의 삶으로서 존중되어 왔던 근엄한 영역이었다. 그러나 아니었다. 돌변한 마당은 미양의 앞길을 가로막고 선 훼방꾼이었다. 자신의 삶을 해코

지하는, 희망을 산산이 조각내려 작정한 아귀들 소굴이었다. 분명 그런 모양들이 모여 사는 곳일 뿐이었다. 벗어나고 싶었다. 얼른 마당을 뛰쳐나가 아버지의 깊고 질긴 숨길에서 해방되고 싶었다. 며칠을 더 지낼 참인 걸 알고 있던 아버지였다. 무엇에 쫓기듯 미양은 가방을 챙겼다. 다시는 돌아오지 않을 것처럼 한 장밖에 없는 엄마 사진과 머리핀도 챙겼다. 무거운 가방을 들고 문밖을 나서다 등을 돌렸다. 마당을 가로지르고 선, 아버지의 줄이 노려보고 있었다. 그 줄이 미양에게 적개심 가득 찬 눈으로 맞방망이를 대고 있었다.

두 개의 가방은 사립문 옆에 세워 놓았다. 마당으로 되돌아갔다. 어디에서, 누가 보태어준 힘이었을까, 광에서 꺼낸 도끼로 작수목을 찍어댔다. 땀이 흘렀다. 이미 노여움으로 변한 땀이었다. 그 노여움의 힘으로 작수목 한 쪽을 자빠뜨렸다. 결국 하늘의 줄은 땅바닥으로 떨어지고 말았다. 땅에 길게 널브러져 누운 줄은 한 마리 구렁이었다. 미양의 삶을 유린한 죽은 능구렁이, 단지 그것일 뿐이었다.

뒤도 돌아보지 않았다. 그렇게 떠나온 후 아버지를 만난 적이 없다. 미양의 모든 것을 아버지는 알아 차렸을 것이었다. 엄마의 삶이 유린된 사실을 알고부터 아버지의 삼줄에 박수를 치던 어린 날을 잃어버렸다는 것까지. 그때까지가 아버지와 함께한 마지막 나날이었다.

호미를 쥐고 휑한 마당을 둘러보던, 그렇게 사립짝문을 열고 나가던 윤희 엄마의 뒷모습은 늘 미양의 가만한 기억에서 함께 숨을 쉬고 있었다. 만나야하는 사람은 반드시 만난다던, 그건 절대 허투루 만들어진 말은 아니었다. 윤희와 그녀의 엄마를 만났으니, 또 누군들 만날 수 없으랴. 미양의 맘속에 기생하던 희망이란 말이 다시 꿈지럭거리기 시작했다.

지금 이곳 「당신의 집」으로 비접 나온 윤희 엄마는 생의 마지막 즈음을 버티어 내고 있는 중이다. 그녀의 방으로 발길을 옮길 적이면 호미를 쥐고 사립짝을 나서던 기억의 일부가 아릿한 마음을 주도하곤 한다.

윤희 엄마는 언제나처럼 맨 끝 쪽 창가에 기척 없이 누워 있었다. 말문을 닫은 지 오래 되었다. 세상을 향해 하고 싶은 말이 아직 남아 있기나 할까, 어쩌면 스스로 쌓고 싶은 담일 것이었다. 오랫동안 심장병을 앓아 왔고 그런저런 후유증으로 지위진한 육신을 겨우 지탱하는 중이다.

침대 옆 의자에 앉자마자 그녀의 손부터 꼭 붙잡는다. 윤희 엄마에게 해 줄 수 있는 건 그것뿐이었다. 허다한 일을 놓아 버린, 살이 모두 빠져나간 손이었다. 가지런한 손톱 끝에까지 윤희의 성깔이 매달려 있다. 유난히 긴 손톱에 매정한 윤희였다. 그녀의 깔끔함이 제 엄마의 손톱 끝에까지 부려 쓰고 있었다.

"저, 미양이 왔어요. 봄이 부랑자 같은 바람을 몰아들이네요. 전

그런 바람이 지금도 마땅찮아요. 늘 쓸데없는 기억만 몰고 오거든요. 바람이 불면 약속이나 한 듯 불안이 함께 들썩이곤 해요."

아버지가 줄을 타러 가는 날이면 대추나무 위초리부터 살피곤 했다. 눈에 잡히지 않는 바람의 실체는 언제나 나뭇가지에서 먼저 웅웅거렸다. 나무 이파리들이 얌전히 모여 놀면 그날 하루는 안심이었다. 날가지를 흔들어 대는 덩치 큰 바람이 불어오면 괜스레 맘을 잡지 못해 마당으로, 방으로 들락거리며 안절부절못했다. 대추나무 높가지에 주저앉은 바람이 요란하게 기척을 부리는 날이면 아버지의 부재가 불안을 모아들였다. 세상의 바람은 창밖의 그 대추나무가 모아들인다고 믿었다.

아홉 살 적, 어느 밤이었다. 부엌칼을 쥐고 나섰다. 가만하게 선 대추나무에 포달을 부렸다. 이놈의 나무, 이놈의 나무, 마구잡이로 칼질을 해댔다. 나무는 꿈쩍도 안 했다. 속바람으로 나무 앞에 주저앉고 말았다. 먹물을 풀어놓은 듯 짙은 어둠 속이었다. 그 밤을 안고 엉엉 울었다. 바람을 불러들이는 범인이 대추나무가 아님을 알만큼 자랐을 적, 바람머리 앓는 것으로 맞아들이고 또 보내주었다.

코만 앙상하게 솟아 오른 얼굴, 질곡의 삶을 다 보내 버린 윤희 엄마의 지금이 어쩌면 더 평온해 보였다. 따뜻한 물수건으로 얼굴부터 닦아 나갔다. 함몰된 눈두덩, 검버섯이 자리 잡은 볼, 부재한 치아로 맥없이 주저앉은 입언저리를 지나는 중에 잠깐 경련을 느졌다. 내가 너의 맘을 알고 있단다. 가여운 것. 그러한 마음의 기척 이었을까.

미양은 손 더듬질로 가방 속의 보자기를 꺼냈다. 늘 자신을 수호해 주던 무명의 보자기였다. 그 손끝으로 여남은 살 적의 시간들이 함께 끌려왔다.

엄마가 떠난 후 공연 일정으로 아버지가 출타하는 날이면 늘 윤희네 집에 맡겨졌다. 미양은 그런 날들을 손꼽아 기다렸다. 여름날이었다. 윤희네 마루 끝에 앉아 마당으로 가득 내려앉은 햇살을 바라보고 있었다. 빨랫줄에서 내려온 그림자들이 마당을 나풀거리고 있었다. 선천적 지병일까, 미양은 세상을 품고 앉은 햇살에 자주 마음을 앓곤 했다. 무심코 들어올린 눈가로 빨랫줄이 걸려들었다. 그 줄에 윤희네 식구들 모두가 입성으로 걸려 있었다. 신발을 껴 신고 햇살 속으로 내려섰다. 왜 그랬을까, 미양은 바지랑대를 내려 윤희 엄마 속옷 한 벌을 챙겨 야무지게 개켜 책가방 속에 쑤셔 넣었다. 안온한 햇살 속에서 제 몸을 말리던 무명 팬티와 러닝셔츠, 그리고 구멍 난 양말 한 켤레였다.

많은 세월, 그 속옷은 애달픈 그리움을 견뎌내게 했다. 그랬었다. 속옷에다 코를 묻고 울었던 나날도 무수했다. 늘 갈망하던 엄마의 온기였다. 세상의 따듯함과 허룩했던 엄마의 체취였으며 그것들은 휘청거리는 미양의 시간들을 지탱해 주곤 했다. 산란한 마음도 잘 보듬어 주었다. 세월이 흘러 모든 것들이 변질되어도 보자기는 옛날의 시간과 의미를 하냥 지니고 다녔다. 요양원에서 윤희 엄마를 만났을 때, 제일 먼저 떠올린 것도 속옷이었다. 다감한 속옷은 마음의 빛이기도 했다. 이제 돌려 줘야할 기회가 선물처럼 찾아온 것이다. 힘이 들 때나, 혼자라는 외로움에 빠져 있을 때에도 미양을 일으켜 세워주던 보자기, 어쩌면 가족이 되고 싶었던 윤희네 흔적이기도 했을 것이다.

보자기를 풀어놓았다. 낡고 닳은 양말을 먼저 꺼냈다. 이불을 젖히고 윤희가 신겨 놓은 정갈한 흰 양말을 벗겨 내었다. 앙상한 뼈마디들이 그대로 드러났다. 발톱 역시 매정하리만치 짤막했다. 살핏한 발에다 양말을 끼우기 시작했다. 꿈틀, 윤희 엄마의 발이 기적을 부리는 거 같았다. 몇십 년이 지난 지금에야 찾아낸 양말에 대한 반응일까, 미양은 윤희 엄마의 얼굴빛을 살폈다. 흐뭇한, 아니 안심하는 표정인 거 같았다. 미양아, 이제야 네가 내 양말을 돌려주는구나, 하는 마음을 담아낸 것 같은.

피골이 상접한 그녀의 발에 양말은 헐렁했다. 미양은 양말목을 끌어 올려 야무지게 바지를 덮었다. 젊어 함부로 부려먹은 발 모양은 온전한 흔적이 없었다. 양말로 가린 발을 가만 바라보았다. 부엌을 들락거리며 먹을 것을 장만하고 들일에 품을 팔고 다니던 발, 눈가가 미음 돌듯 젖어들었다.

잡은 손 그대로 엎드려 잠깐 풋잠에 빠졌던가. 그녀의 손을 잡으면 세상의 모든 번잡함이 손끝으로 물러나는 느낌이었다. 침대 끝에 얼굴을 묻고 울기도, 잠깐 눈을 감는 것도 윤희 엄마였기 때문이었다. 어떤 적은 기성을 지르는 바람, 윤후의 그림 속에서 놀던 아픈 기억을 그녀의 손과 함께 한숨의 잠으로 내려놓곤 했다.

누군가 미양의 등을 만졌다. 마리아 수녀였다. 그녀가 빙그레 웃고 있었다. 미양이 얼른 속옷 보자기를 챙기려 몸을 일으켰다.

"이거 찾는 거니?"

마리아 수녀가 잘 개킨 보자기를 들어 보이며 웃었다.

"다 본 게니?"

둥그레진 눈으로 윤희 얼굴을 살폈다.

"내가 보기만 했겠냐? 나는 옛날부터 이미 다 알고 있었는 걸."

"정말?"

"정말이고 말고."

"언제부터?"

"옛날옛날 한 옛날 호랑이 담배 피우던 시절부터."

보자기를 뺏어든 미양은 난감한 얼굴빛이 되고 말았다. 안절부절못하는 미양을 구해준 건 윤희였다.

"너 혼자 두고 공소에 다녀오던 길이었잖니. 대문을 들어서는데 네가 빨랫줄에서 엄마 양말을 잡으려다 말고 내 기척에 황급히 돌아서는 거야. 왜 그럴까, 내내 의아스러웠어. 너답지 않게 왜 저러지, 하며. 그런데 자꾸 네가 책가방에 온 신경을 쓰는 걸 눈치 챘어. 가만 실눈으로 살펴봤더니 가방 배가 불러 있더만. 그래서 대강 네 소행의 전모를 알게 되었지. 네가 훔치려다 놓친 양말 한 짝은 내가 가방에 몰래 넣어 줬다. 넌 몰랐지? 하하하."

이젠 양말의 비밀을 알게 된 셈이다. 구멍 난 양말 한 짝이 왜 자신의 책가방 속에 들어왔는지 이유가 늘 미스터리였다. 분명 급히 넣다 빠뜨린 한 짝이었다. 많은 날이 지나면서 미양은 가방에 자신이 넣어 둔 걸로 스스로 생각을 고쳐 앉았다. 양말 뒤꿈치 구멍을 밤새 바느질했던 어릴 적을 떠올렸다. 어린 나이였음에도 늘 미양을 배려하고 진심으로 감싸던 윤희였다. 윤희는 그렇게 마음씨갈이 남달랐다.

"또 미양 어린이에게 한 방 멕여 볼까나. 그걸 어떻게 간수하나 내가 살짝 확인까지 해 본 걸. 무명 수건으로 넘나 얌전히 싸 놓은 걸 풀어 봤을 때 얼마나 웃었는지, 검정 양말에 흰 실로 듬성듬성 징거맨 양말을 보고 말이야. 야, 미양이 너 바느질 솜씨 아주 끝내주더라."

윤희가 오랜만에 옛날로 돌아왔다. 한올진 자매처럼 흉허물 없던 어린 날, 간절히 돌려받고픈 시절의 윤희 그대로였다.

"너 몰래 엄마에게 이 속옷 입혀 드리려고 기회를 호시탐탐 엿보던 중이었어. 이젠 돌려드려야 도둑 누명을 벗겠지?"

"암 그래야지. 도둑 누명은 벗어야겠지, 하하하."

윤희가 참 오랜만에 맘 놓고 웃었다. 그러면서 엄마 돌아가실 때 이 속옷을 입혀 드리자고 윤희가 말했다. 그러면 엄마도 다시 되돌려 받은 옛날 옷에 안심하실 거라 했다.

"그날 엄마는 없어진 속옷을 아주 의아하게 생각하셨단다. 도무지 이해가 안 된다 하셨어. 빨랫줄에 걸린 많은 옷 중에 왜 하필이면 낡고 볼품 없는 속옷만 없어졌는지, 그리고 구멍 난 양말에 대해선 더욱 고개를 갸웃거리셨지. 난 돌아서서 많이도 웃었어. 당신을 좋아하는 미양의 짓이라는 말을 참느라 혼이 났지."

덧니와 목젖을 함부로 드러내고 웃는, 참 오랜만에 보는 윤희의 모습이었다.

오후 네 시쯤이면 「당신의 집」에서의 일과가 끝난다. 나른해진 몸으로 휴게실로 들어갔다. 뜰을 죄다 담아 둔 휴게실 창밖은 벌써 풍경이 되어 버린 봄이 차지하고 앉아 있었다. 노란 개나리 꽃망울 자리에도, 뜰 가장자리에 줄느런하게 세워 둔 산수유 꽃 진 자리마다 초록 이파리들이 매달려 있었다.

'개나리 노랑은 말이야, 뭐랄까, 바람난 논다니 계집년 같아. 산수유 노랑은 개나리와 좀 달라. 음전한 여인네 치맛자락 같지 않니. 개나리가 제 색을 드러내려 애를 쓴다면 산수유 노랑은 속으로 노랑을 삼키는 것 같아. 마치 슬픔을 눌러 참는 것처럼.'

윤희는 지금도 두 꽃의 노랑을 이런 차이로 생각하고 있을까. 수학여행을 갔던 제주 섬이었다. 섬의 일주도로를 걸어가던 중, 개나리가 절정이던 길 너머에 해를 삼킨 바다가 저물녘을 출렁이고 있었다. 황금빛 바다에게 들려주는 말이듯 윤희가 나지막이 뇌까렸다. 윤희의 슬픈 노랑, 그 산수유 꽃잎도 지고 없는 봄날 오후였다.

화란

　말보가 된 화란의 전화는 갈수록 시간을 축내기 시작했다. 바다처럼 넓은 시카고의 호수며 일이라곤 처음 해본 세탁소 등, 제 신변의 껍질을 차근차근 풀어 나갔다. 그런 이야기 속에서 윤후의 잠적으로 끊어졌던 화란과의 고리가 다시 이어지는 삶이 돌아온 느낌이었다.

　"윤희 말이다. 수녀원에 들어갔다는 이야기는 알고 있어."

　슬그머니 윤희에 대한 접근도 시도했다. 맘속 깊이 갈무리 된 말을 끌어내기 위해 아무리 화란일지라도 뜸들일 시간이 필요했을 것이었다. 화란이 언급하기엔 아주 조심스러운 이름이었을 것이고 그 짐작은 별로 어렵지 않았다.

　"응. 그랬지."

　침묵이 잠깐 시간을 휘어잡고 있었다. 그 속에서 삽시간 갈등도 함께 넘놀았다. 말이 부재한 불편함을 견뎌내지 못한 쪽은 되레 미양이었다.

"윤희는 제 몸에 잘 맞는 옷을 입은 것 같아. 갠 수녀복이 어떤 입성보다 잘 어울리고 편안해 보여."

"맞아. 수녀 윤희를 상상해 보면 하나도 어색하지가 않아. 마치 태어날 때부터 그 몫을 타고 났던 것처럼 말이다. 소식은 듣고 있는 게니, 어느 수녀원에 있는지?"

"응. 가끔 만나기도 하지."

"정말? 지금 연락이 되는 거니? 물론 너의 둘은 유난스런 사이였긴 했지만."

"내가 봉사하는 요양원 소속이야."

"그럼 강화도에 있다는 말이야?"

"윤희 엄마도 그곳에 계셔."

윤희 엄마를 들먹일 때는 무슨 심보에서일까, 약간 하비는 어투까지 섞어 넣었다.

"뭐라구? 윤희 엄마가 지금까지 살아계신다는 말이야?"

"물론이지. 윤희와 함께 요양원에 계셔."

전화 속으로 다시 하릴없는 침묵이 돌아와 자릴 잡았다. 멀고 먼 곳에서 달려오는 화란의 복잡한 감정들이 그 속에 켜켜이 쌓여 갔다. 미양의 생각들은 이때다 싶게 마실 나갈 차비를 차렸다.

윤후가 나타나지 않은 결혼식은 시골 마을을 왈칵 뒤집어 놓기엔 충분한 사건이었다. 엉뚱한 소문들이 가지를 치고 잎을 틔우고 무성하게 새끼를 치는 중이었다. 자유분방한 화란에게 불리하게 작용하기도 했다. 피해자이랄 수도 있는 화란을 신이 난 소문들은 가해자로 내몰기도 했다. 동정과 비난이 한꺼번에 그녀 몫으로 몰려들었다. 화란이네 집안에서 가만있을 리 만무했다. 궁지에 몰려야 본성을 함부로 드러내는 법이다. 윤후네 집에다 악다구니는 물론, 결국 손해배상청구 소송까지 들어갔다. 마을은 성난 뒤 속처럼 혼란스러웠고 그 중심에는 화란과 윤후가 맘껏 휘둘리고 있었다. 결국 전답 일부를 팔아 소송을 감당해낸 후 윤후 아버지는 드러눕고 말았다. 화병인 줄만 알았던 윤후 아버지의 앓음이 길게 갔다. 결국 암이란 진단을 받았지만 윤후는 그러도록 감감무소식이었다. 어디로 잠적했는지, 어디에 칩거하고 있는지, 도무지 행방이 묘연했다. 미양이 윤희의 편지를 받은 건 그때였다. 절대로 이 결혼 안 한다, 하던 윤후의 말이 무슨 뜻이었는지 그때 알았다. 윤후의 말에 그토록 어마어마한 모의가 숨어있는 줄 몰랐다. 윤희의 글 속에 윤후의 잠적과 아버지의 암 판정, 모든 내막이 세세하게 적혀 있었다.

'이런 말하기가 너에겐 너무 미안하지만 혹여 오빠 소식 알고 있는 건 없니? 알고 있다면 오빠에게 연락 좀 해 줘. 아버지 위독하시다고.'

윤희의 간절한 부탁이었다. 급히 생정 마을을 찾아간 건 윤희의 편지를 받은 후였다. 거처를 알고 있음에도 윤후가 다른 곳을 갔다는 건 자신을 보호하려는 마음이라는 것도 충분히 짐작할 수 있었다. 당장 위로 받고 싶었겠지만 그러하지 못하는 윤후 맘도 헤아릴 수 있었다.

생정 마을에다 윤후는 흔적만 남기고 떠난 후였다. 오래전이며 한 일주일쯤 머물렀다는 여관 주인의 말이었다. 옛날 미양과 함께 보냈던, 윤후가 묵고 간 그 방에 가방을 내려놓았다. 곳곳에 그의 체취와 흔적이 남아있을 것만 같은 방이었다. 이불을 뒤적이다간 거울 속을 들여다보기도 했다. 금방이라도 방문을 열고 들어서서 미양의 어깨를 감싸 안을 것 같았다.

그 방에서 이틀을 묵었다. 서민선 여사가 살고 있는 생정 마을이었다. 경호강 빨래터도 둘러 봤다. 틀림없이 윤후가 다녀갔을 엄마의 빨래터에서 한참이나 앉아 있었다. 이틀을 머문 건 혹여 윤후가 돌아오지 않을까, 하는 기대 때문이었다. 돌아올 것만 같았다. 강가를 벗어나 서민선 여사의 집을 향한 골목길을 걸었다. 마음은 간절했지만 만나리라는 건 염두에 두지 않았다. 그랬음에도 미양의 걸음은 누가 지시한 듯 집 앞을 향했다. 서민선 여사를 만난 건 뜻밖에 골목 초입, 가게 앞이었다. 식용유를 가슴에 품고 유리문을 열고 나오는 중이었다.

"아가씨, 어떻게? 총각이 왔다간 건 오래 되었는데, 왜 같이 오지 않고?"

"만나신 거예요?"

"그럼 만나고 말고. 우리 집에서 밥도 많이 먹고 갔는 걸. 뭔 일이 있어요? 총각도 암말 없이 그냥 묵었다간 갔어. 심심하면 밥 달라고 대문 안을 들어서곤 했어."

서민선 여사의 손에 잡혀 미양은 그녀의 집까지 갔다. 배고프겠다, 라며 얼른 밥상을 차려 주었다. 아무것도 묻지 않았다. 미양의 밥 먹는 양을 물끄러미 지켜보기만 했다. 염치도 없이 미안합니다, 입에 물고 있던 말은 뱉지 못했다. 배고픈 줄도 몰랐건만 미양은 서민선 여사가 차려주는 밥을 다 먹어 치웠다. 식곤증 때문일까, 눈이 가물가물 감겨왔다. 서민선 여사가 갖다 주는 베개에 머리를 뉘었다. 맘과 몸의 모든 기관이 이완되는 느낌이었다. 눈을 뜨니 방안은 전구에서 내린 빛으로 밝았다. 머리맡에는 정갈하게 차린 저녁 밥상이 놓여 있었다. 실눈으로 살펴보니 서민선 여사는 이빨로 바늘밥을 끊는 중이었다. 기척 없는 그녀의 옆모습을 훔쳐보았다. 미양이 깰까봐 가위 잡는 손도 가만가만 움직였다. 눈을 감으니 눈물 한 방울이 맺혀 들었다. 엄마, 미양은 그 눈물로 엄마를 뇌까려 보았다. 감은 눈 그대로 가만 누워 있었다.

금방 일어나는 척 기지개를 켜는 그녀를 서민선 여사는 끊어내던 실밥을 입에 문 채 웃음을 머금어냈다.

"일어났네. 피곤했었나 보다. 너무 곤히 자기에 가만있었어. 이제 밥 먹읍시다."

서민선 여사가 밥상을 당기며 미양에게 말했다. 두 그릇의 밥이 차려진 밥상이었다.

"아가씨 일어나면 먹으려고 나도 안 먹고 있었어. 마침 애들 아버지가 큰집에 갔겠지. 좀 늦을 거라는 연락이 왔어. 큰 아주버님 몸이 좀 편치 않아 병원 가게 생겼다네. 우리 둘이 먹자. 나도 아가씨 아니었음 굶었을 걸. 혼자 먹기 싫어서."

찬이 그득한 밥상이었다. 노릇하게 구운 고등어구이와 쪽파를 송송 썰어 넣은 계란 부침도 있었다. 미양이 좋아하는 것들만 수두룩했다.

"완두콩이네요. 봄은 벌써 지났는데."

"우리 애가 유달리 완두콩을 좋아해요. 그래서 봄이면 풋콩을 가득 따다 냉동실에 넣어 둬요. 지금은 외지에 나갔는데도 버릇되어 늘 이러네요. 어떤 적은 그 아이를 생각하며 내가 밥에 넣어 먹기도 하고."

느낌이었을까, 말끝을 살짝 흘리는 서민선 여사의 눈가가 젖는 것 같았다.

"나도 완두콩 참 좋아하는데."

"아, 그래요? 왜 그렇게 완두콩이 넣고 싶나 했더니 내가 아가씨 맘속을 가만 다녀왔나 보다."

그날 둘이 마주 보고 앉아 편한 마음으로 저녁을 먹었다. 서민선 여사는 미양의 밥 위에 고등어 살을 발라 얹어 주었다. 오랜만의 푸근한 저녁밥이었다. 그 밥상 앞에서 잠시 윤후도 잊었다. 너무 늦었다 싶어 일어섰다. 자고 가도 되는데, 하며 서민선 여사가 말끝을 흘렸다. 일어서는 그녀를 서민선 여사는 밤길이라며 백년장 여관까지 바래다주었다. 손전등으로 미양의 길 앞을 비추어 주며 윤후 이야기를 했다. 총각이 얼마나 밥을 잘 먹던지, 제 엄마가 해주는 밥맛이라며…… 아무렴 엄마와 내가 같을라고.

언제 내려갈 거냐, 며 서민선 여사가 물었다. 하룻밤은 더 자고 갈 거 같다고 했더니 내일도 밥 먹으러 오라고 부탁했다. 혼자 밥 먹는 게 왜 그렇게 싫은지 모르겠다고 했다. 괜찮다면 낼 저녁에 가겠으며 아침은 안 먹는 습관이라고 미양이 말했다. 어둠 속에 묻혀 가던 서민선 여사가 갑자기 등을 돌리더니 여관 앞의 미양에게 기다리고 있겠다는 말을 던져 놓고 갔다.

그러나 다음 날 오후 미양은 돌아오는 버스를 탔다. 서민선 여사에게는 인사말 같은 것도 못한 채였다. 일부러 파란 대문 앞을 지나 왔지만 들여다보지는 않았다. 그래야만 할 것 같았다. 혹여 서민선 여사의 남편이 돌아왔다면, 그런 염려도 있었다.

"윤희의 수녀 차림을 그려 보는 건 하나도 어렵지 않아. 마치 내가 늘 보아온 모습 같이."

화들짝 놀랐다. 열어둔 폴더 속으로 들려온 목소리였다. 머나먼 생정 마을을 다녀온 미양을 깨워 제 자리에 앉혀 놓는 화란은 그 말을 던져 놓고는 전화 밖으로 훌쩍 달아났다. 뒤통수를 맞은 듯 멍했다.

5년간의 유기 서원기간을 보내고 또 6개월간의 종신 수련기까지 마친 후, 자신의 전부를 하느님께 봉헌하기 위한 윤희의 종신 서원식에 참석하고 돌아왔다. 수녀복으로 무장한 윤희의 등이 미양의 가슴을 날카롭게 찔러대는 것 같았다. 그때의 아픔은 맘자리 어딘가에 숨어 앉아 가끔 기척을 드러내곤 했다. 제 자리를 잘 찾은 오누이였다. 사람 세상에 남겨진 건 미양뿐이었다. 가장 친밀했던 두 이름은 하느님 영역에서의 은둔을 시작했다.

시간은 세월을 만들고 그 속으로 모든 것들이 휩쓸려 흘러가는 중이었다. 그러던 어느 날 뜻밖에 세 장의 엽서가 날아왔다. 발신처는 발리 섬이었다. 윤후였다. 고갱의 '타히티 섬의 두 여인'이란 그림이 있었다. 가슴을 다 드러낸, 건강한 원주민 여인 둘은 부끄러운 듯 어줍은 표정이었다. 그리고 두 번째에는 미양이었다. 배경화면처럼 흐르는 강물 앞에서 울고 있는 여자, 미양 자신이 분명했다. 그 여름날, 입고 있던 얇은 점퍼 속 나비무늬가 증거이듯 그려져 있는 걸 보면.

발리섬라니.

그렇게도 소원하던 화가의 삶을 풀어 놓고 있는 윤후, 짐작은 어렵지 않았다. 소순다 열도에 속한 어느 섬에서 하느님을 빙자하여, 아니 사제복으로 위장하여 고갱을 흉내 내고 있는 윤후, 이제 모든 의도의 전모는 발가벗겨졌다. 마지막 엽서에는 자신의 거처에 대한 증명이었다. 울루와뚜 사원 사진, 아득한 낭떠러지 위의 아슬아슬 위태로운 사원, 그 아래에는 하얀 포말을 그려내는 바다가 하염없었다.

윤후의 엽서들은 새로운 희망을 지시해 주었다. 솔직히 말하자면 지시해 주었다는 말은 진실이 아니다. 자신을 위해 저지르는 최후의 역모였음이 가장 옳은 설명이 될 것이다. 윤후의 엽서는 그녀의 모의에 억지스런 빌미가 되어 주었다. 가방은, 추녀 끝의 나부에게서 얻어낸 힌트였으며 그녀의 야반도주는 미양에게 모방의 메시지로 훌륭했다.

윤후의 땅, 발리는 그렇게 미양의 희망으로 주저앉았다. 희망, 얼마나 맘 설레게 하는 지대인가. 윤후가 사는 땅이 있다, 마음은 제멋대로 들놀기 시작했다. 그가 스스로 선택한 하느님, 이제 함부로 넘보아도 괜찮다는 생각들이 간살부리듯 집적댔다. 발리는 하느님, 당신의 고유한 영역이 아닌, 단지 인도네시아 소순다열도에 속한, 섬 하나일 뿐이었다. 누구든 제 가방을 맘대로 챙겨 비행기를 탈 수 있는, 아주 가까운 인간 세계의 물리적 거리였다.

가방 속은 발리로 향해 쟁여지는 짐들로 점점 배불러지기 시작했다. 희망도 절망도 함께 숨길 수 있는 가방이었다. 지친 삶에 큰 위로가 되었고 시간을 잘 건더낼 수 있는 핑계이기도 했다. 언제든 떠날 수 있는, 그곳에 윤후가 있었다. 그래서 가볍지 않은, 좀은 경건한 마음으로 기다리기로 했다. 윤후의 엽서는 그렇게 공항을 향하는 꿈의 제목으로 성장해갔다. 그리고 꿈이 닿을 수 있는 목적지이기도 했다. 가슴을 주도하고 있던 절망의 무게를 몇 됫박 덜어낸 기분이었다.

　다음 날 또 화란의 전화를 받았다.

　오랜만에 집안 청소를 하던 중이었다. 미양은 청소기를 세워 놓고 의자에 몸을 묻었다. 창을 열어 멀리에 앉은 바다도 들여놓았다. 마가목 윗부리에서 노닥거리던 바람이 문 틈새로 비집고 들어오려 안달했다. 하루머리 중 가장 맑게 빛나는 아침이었다.

　"아버님마저 돌아가시고 집안이 풍비박산이 되었다는 소식도 올케로부터 들었어. 결코 편안한 마음만은 아니었어. 그리고 윤후 오빠마저 그렇게 되었으니."

　그 아침의 싱그러움을 배반하려는 조짐이었다. 화란에 대한 기억을 손 안에 넣어 들여다보면 암울하고 불쾌하고, 호두 속 같이 복잡한 야로들만 웅크려 앉은 모양새였다. 늘 그랬다. 홀맺은 시간처럼 복잡했고 위안이나 희망을 느껴본 기억은 없었다.

　화란과는 달리 윤후 네는 참 조용한 집안이었다. 집안에서 큰소리 나는 걸 본 적이 없었다. 그들이 살아내는 소리들은 막 시작하는 어둠의 발길처럼 나지막했다. 그래서 요란스럽지 않았다. 미양을 밀어낼 적도 온갖 예의와 배려의 마음을 곁들였다. 윤후가 그렇게 난장판을 만들고 사라진 후 세상을 향한 귀를 막으려는 듯 문을 걸어 닫고 살았을 것이었다. 그리고는 하나 둘, 제 갈 길을 찾아 떠났으며.

"그래 그런 분들이셨어."

"나도 그건 알아. 덕을 쌓고 사신 분들이라는 것 말이야. 가끔 이런 생각을 해. 윤희 아버지가 그렇게 믿고 의지하던 하느님은 왜 그들을 도와주지 않았을까, 하고 말이야."

바람의 걸음을 살폈다. 먼 바다의 물결이 몸을 뒤척이지 않나, 목을 빼내었다. 바람이 일면 바닷물에 놀던 햇살도 놀라 빠져 나오려 허우적거리곤 했다. 봄이 오면 바람의 거동은 예의 없는 망나니만 같았다. 화란의 소리가 몰고 오는 불길함을 밀어내듯 두 손으로 가슴을 훑어 내렸다.

하느님.

화란이 무례하게 추궁하는 윤희네 하느님, 그들 가족이 하나 둘 그렇게 무너질 때 하느님 당신은 왜 방관하고만 계셨을까. 미양의 서운함을 눈치라도 챈 듯 화란은 다시 하느님을 비판하고 나섰다.

"나는 말이야, 이곳에 와서도 윤희네 하느님을 택하지 않았어. 이민 생활에서 종교라는 건 믿음 이전에 우선은 삶의 방편이야. 믿음을 빙자해서 어떤 조직에 편입되어 보호받고 의지하는, 그런 의미에서 종교란 이민자에겐 생활필수품이나 마찬가지지. 그런데도 나는 하느님 편에 들어가지 않았어. 종교란 인간이 만들어 내

놓은 문화 현상 중의 하나라고, 난 그렇게 생각해. 과연 신은 존재할까, 그런 의심을 놓치지 않았어. 이런 생각을 할 때마다 어느 소설 속 주인공을 흉내 내는 기분이지만. 아마 레마르크의 작품이었지. 주인공이 그런 의문을 제기해. 사실 이 말은 윤후 오빠가 내게 해준 말이야. 윤후 오빠는 그의 아버지와는 좀 달랐어. 신에 대한 믿음은 좀 논리적이었던 거 같았어. 그런데 왜 하느님 안으로 숨어 들어가 그렇게 되었을까. 넌 어때, 하느님의 존재에 의심을 가져본 적은 없니?"

안개 속을 헤매던 화란에 대한 감정이 햇살 속에 적나라하게 드러났다. '비밀스런 열패감' 분명 그것이었다. 청기와 장수 같이…… 윤후를 더 깊이 알고 있었다는 듯 으쓱해 하는 화란의 말이었다. 미양이 알고 있는 윤후의 일부가 자괴감(自愧感)으로 변질되는 거 같았다. 옹색한 마음의 공간에 기생한 그것들은 여태껏 화란을 미워하는데 소용될 궁리만 했던 모양이었다.

미양은 목을 차고 올라오는 열등한 감정을 눌러 침처럼 꿀꺽 삼켰다. 자기 마음에 고요히 머물러 본 적이 없는 사람은 타인의 마음에도 잠시도 머물 수 없다던, 윤희의 말이 떠올랐다. 옭매듭으로 꽁꽁 묶어둔 채 목숨이듯 소중하게 끌어안고 살아왔던, 화란에 대한 열패감인 게 분명했다.

"이곳에 온 후 나는 곧 결혼했어. 물론 영주권이 목적이기도 했지만 그렇게 하지 않고는 자신을 감당할 힘이 없어서 서둘렀어.

교포 2세인 엔지니어였어. 예상대로 결혼은 파탄이었지. 생각보담 오래 유지되긴 했어. 한 삼 년쯤. 지금 남편은 두 번째야."

그날 화란의 전화 내용은 계속 두 사람의 남편이 주인공이었다. 그녀의 남편 이야기는 귀가 별로 당기지 않았다. 얼굴도 모르는 타인의 이야기를 시큰둥하게 흘려듣는 귀를 후비다가 미양은 티브이 리모컨을 눌렀다.

여행을 전문으로 하는 채널이었다. 여행자는 오스트리아를 소개하는 중이었다. 약간의 볼륨만으로 오스트리아를 눈으로 여행하며 불안의 입자가 기생하는 화란의 이야기를 견뎌 내고 있었다. 여행자가 앵글을 맞춘 잘츠부르크 호수에 눈을 빠뜨리고 있었다. 어느 음악가의 고향이며 소금 생산지로 유명했던 마을을 돌아나갈 때 클라리넷 협주곡이 배경음악으로 흘러 나왔다. 그 음악으로 영화 〈아웃 오브 아프리카〉를 그려 보던 중이었다. 얼마나 아름답고 가슴 저리는 사랑의 배경으로 흐르던 음악이었던가.

'사랑은 아무도 벗어나고 싶지 않은 질병이다. 그 병에 걸린 사람은 나으려고도 하지 않는다. 사랑으로 고통 받는 사람은 치유되기를 바라지 않는다.'

한 글자도 놓치지 않고 기억하고 있는 윤후 일기장 속 글귀였다. 그 글을 베끼고 있는 미양에게 바깥을 살피던 윤희가 긴급 신호를 보냈다. 좀 빨리빨리, 오빠 오고 있다, 며.

윤후의 분신처럼 남아 버린 글귀를 미양은 자신의 비밀한 곳에 숨겨 두고 있었다.

"결혼에 자신이 있었어. 윤후 오빠라면 어떤 뭐라도 이겨낼 것만 같았어."

"……."

"내가 과신한 거지. 오빠 마음 하나 잡지 못 할까봐, 하면서. 오빠는 원래 착한 사람이잖아."

너 어쩌면 그렇게 어벌없이, 이런 말이 목젖을 타고 올랐지만 미양은 소리 내지 못했다. 목에 얹힌 말들이 잠시 숨을 막는 듯 답답했다. 미양은 암말 없이 폴더를 닫았다. 그리곤 멍한 눈으로 티브이 화면만 주시했다. 눈에 담기는 건 없었다. 화란에게 들려줄 뒷말을 찾아내지 못했다.

너 어쩌면 그렇게 야비할 수가 있어!

넌 사랑도 없이 그렇게 매달렸니.

감정이 담긴 몇 가지 말을 매달아냈지만 미양은 마땅한 언어를 찾아내는 데 서툰 자신이 안타까웠다. 모두 낡고 식상한 말들만 입속에서 맴을 돌았다.

유진

　봄이 꼬리를 감추면서 슬그머니 유월이 자리 앉기 시작했다. 초여름 기척이듯 정호의 맘을 송두리째 흔드는 소식이 왔다. 유진이가 제 아버지 생신에 맞추어 귀국한다는 기별이었다. 아궁이 앞에서 허접스런 쓰레기를 태우던 참이었다. 얼마나 흥감했으면 정호는 제가 태우던 종이 박스에 붙은 불까지 손에 들고 미양을 불렀다.

　유진이가 온단다, 유진이가, 하면서.

　엔간하면 제 속을 드러내지 않는 정호의 얼굴에 마치 아궁이 속의 불이 들붙어 앉은 것처럼 환했다. 그런 후 손을 꼽아가며 유진이 오는 날만 헤아렸다. 유진의 소식은 정호의 힘담 없던 목소리에까지 생명을 불어넣어 주었다.

　유진이 제 식솔들을 데리고 드디어 나타났다. 서른을 훨씬 넘긴 유진이 어느새 한 가정의 대들보로 의젓한 모습이었다. 아들 둘, 미양과 정호를 할머니와 할아버지로 만들어 준 손자들이었다.

간간히 가족들 모습은 폰의 화면으로 일별하곤 했지만 실제로는 첫 상면이었다. 정호는 마치 소풍날을 맞은 아이처럼 들뜬 마음을 건사하느라 정신을 못 차렸다. 교포 출신인 유진이 댁은 미리 사진으로 익혀둔 터라 풋낯은 아니었다. 등을 돌리고 산 세월을 버리고 찾아온 유진이가 고마웠다. 세상 이치를 깨우치고 잠시 묵혀둔 것들에서 소중함을 찾아내는 건 나이 듦이 일깨워주는 선물일 것이다. 제가 쌓아가는 나이 속에서 결코 핏줄의 정체성은 함부로 여길 수 없었으리라. 유진은 비행기에 내리면서 미양의 손부터 덥석 잡았다. 그리고 엄마, 라고 불렀다. 당황했지만 유진이 불러주는 호칭이 싫지 않았다.

"엄마, 아무도 엄마처럼 저를 잘 키워주지는 못했을 겁니다. 많이 보고 싶었어요. 엄마 고맙습니다."

앞자리에 앉은 미양의 어깨를 만지며 유진이 말했다.

"유진이 먼 외국 땅에서 허투루 나이 먹진 않았구나."

온 얼굴에 꽃빛발로 물든 정호가 유진의 말을 받아냈다. 유진이 돌아온 집안은 시끌벅적, 사람 사는 공간으로 되살아났다. 맥 놓고 있던 모든 것들이 숨탄것이 되어 호기롭게 제 의미를 부르짖는 것 같았다. 정물이 되어버렸던 집기들이며, 구석바치 화분의 나무들조차 부활한 생명이듯 야단스러웠다. 사람의 온기가 부리는 힘이었다. 유진이네 식솔들은 정적에 함몰되었던 집안을 구석구석 일으켜 세웠으며 무엇보다 제일 신이 난 건 식탁이었다. 유진이 떠난 후 바로 바꾼 6인용 식탁, 임자를 맞아들인 모두의 의자는 그런 날들을 위해 외로움을 견뎌낸 듯했다. 식탁을 꽉 메운 식구들, 정호는 그 모습을 흡족해하고 고마워했다.

하늘과 별, 유진이 데리고 온 손주들의 이름이다. 유진은 엄마가 좋아하는 우리말로 제 아이들에게 이름 지을 것이라, 진즉부터 다짐해 두었더란다. 이름이 사람을 만들기도 하는 걸까, 큰 손주 하늘은 짓마다 하늘마음처럼 너그럽고 푸근했다. 둘째인 별은 총총한 별처럼 맑은 눈 속에 어느 시인의 것인 '별'이 가득 고여 있을 것 같이 깊었다. 하늘과 별, 이름들은 손주들에게 맞춤한 듯 잘 어울렸다. 두 녀석들의 서툴고 약간은 엇나간 발음들이 웃음보를 곳곳에 터뜨려 놓곤 했다. 할아버지라는 긴 말이 버거우니 그냥 할배라고 불러 보라고 정호가 말했다. 그게 진짜 우리 고향, 경상도 말이다, 라면서. 그랬더니 말에 콩고물 묻을세라 얼씨구나, 할배라는, 시골말을 받아낸 아이들은 시도 때도 없이 할배 할매라며 외치고 다녔다. 아이들의 소리들은 집안 구석마다 진을 치고 앉은 고요를 사정없이 깨우고 돌아다녔다. 선천적 지병이듯 품고 살던 정호의 깊은 시름도 아이들 소요로 점점 바닥을 드러내는 중이었다.

손주들에게 최고의 인기 상품으로 군림한 건 역시 작수목에 걸린 삼줄이었다. 아이들 호기심을 부추기는 데 그만한 게 더 없었다. 삼줄은 오랜만에 받는 후한 대접에 어깨를 으쓱이며 저가 마당의 주인임을 맘껏 뽐냈다. 유진은 그예 제 아버지 정호와 힘을 모아 땅바닥에 줄을 깔기 시작한다. 하늘과 별은 늙은 구렁이처럼 드러누운 삼줄에서 두 발을 떨어뜨리지 않으려 안간힘을 썼다. 눈을 뜨면 쪼르르 마당으로 나가 두 팔로 나비 날개를 만들어 줄을 탔으며 아이들 따라 나간 아이들 아비와 또 그 아비도 줄과 함께 하루를 보냈다. 유진은 제 아버지의 줄을 자랑스럽게 아이들에게 설명했다. 그럴 때마다 정호가 지어내는 흠흠한 낯빛이라니.

유진이 그렇도록 달라진 모습으로 아버지를 찾아왔다. 유진의 아버지 정호는 제 아들의 대견함을 속에다 감추어 넣지 못해 걸음마다에 흩뿌리고 다녔다. 그것도 모자라 입가에, 그리고 헛기침 소리까지에도 함부로 묻혀 냈다. 이제 정호가 해야 할 일은 제 손주들에게 연기해야 할 줄타기 시범이었다.

날을 잡는 시늉도 엄숙하게 했다. 달력 앞에 다 불러 앉혀 놓고 어느 날이 좋을까, 식구 모두의 손가락이 동원되어 품을 팔기 시작했다. 3이란 숫자를 좋아하는 식구가 우세했다. 별이, 하늘이 그랬다. 3은 최소의 공간을 만들어낼 수 있는 유익하고 안정적인 숫자라고 제법 그럴듯한 근거까지 내세웠다. 그래서 모두의 염원으로 3이 붙어 앉은 좋은 날 하루를 골라냈다. 은근히 신이 난 정호는 손주들을 위한 줄타기를 제대로 할 모양이었다. 관중이 두 손자와 유진댁 뿐이었지만 어렵사리 날 잡는 흉내도 냈고 복색도 제대로 갖추기로 했다. 그리고 줄 고사 준비도 소홀하지 않았다.

어릿광대 역할은 미양이 책임졌고 삼현육각 연주는 어림도 없어 유진이 꽹과리로 대신하기로 했다. 유진이 꽹과리쯤이야, 하고 자신 있게 말했기 때문이다. 드디어 바람 부드럽고 햇살 좋은, 3자가 꼬리에 붙은 일요일 오후였다. 정호의 줄타기 연희가 돌아왔다. 삼줄 밑의 자그마한 돗자리에 제법 그럴듯한 고사상이 차려졌다. 시루떡도 장만하고 아이들 좋아하는 과일도 옆에 앉혔다. 정호는 유진의 꽹과리 소리에 맞춰 춤을 추며 등장했다. 정호가 작수목 옆을 다가오자 유진은 온 힘을 다하여 꽹과리를 두드리며 흥을 돋우었다. 관중석의 손자 둘과 유진 댁은 브라보, 하며 아낌없는 환호를 보냈다.

정호는 돗자리에 꿇어 앉아 엄숙하게 줄 고사를 읊었다. 모든 걸 제대로 갖춘 줄타기 예식이었다. 꿩 깃을 꽂은 정호의 패랭이 모자에 순한 바람을 거느린 이른 여름 햇살이 노닥거렸다. 정호는 어느 연희보다 진지했고 더없이 흐뭇한 낯빛이었다.

엇박자로 놀아나는 유진의 꽹과리 소리가 마당 구석구석을 훑고 지나다녔다. 적막만 진을 치던, 그래서 그 적막을 지겨워하던 마당은 봄날 돋는 새잎처럼 생기가 살아났다. 마당을 쪼아대던 닭들도 뭔 일이냐는 듯 콩알 같은 눈을 멀뚱거리며 함께 쫓아다녔다. 유진이 세상 태어나서 처음으로 참관하는 아버지의 연희였다. 유진은 온 마음으로 꽹과리를 염치도 없이 요란스레 두드려댔다. 정호는 제 피붙이인 손주들과 아들을 앞에 두고 한 점 소홀함 없는 연희를 주도해 나갔다. 줄 고사를 마친 후 관중을 향해 정중히 절을 했고 관객인 손주들은 온 힘을 모은 손바닥 소리로 경의를 표했다.

정호가 작수목을 타고 줄에 올랐다. 물론 하늘을 찌를 듯한 유진의 꽹과리 소리는 아버지의 연희 분위기를 고조시키는데 모자람이 없었다. 그 소리들은 아버지에게 보내는 진심어린 존경이었고 찬사였다. 드디어 줄에 오른 정호의 아니리가 시작되었다.

"여기는 올라왔으나 저 건너를 지나가기가 대단히 어렵겄다. 염불타령 그대로 떠꿍, 붙여 놓고 한번 건너가는 것이렸다. 아구아구 이것 잘못 올라왔네. 암만해도 못 갈 것 같다. 그냥 내려갈 수야 있나."

맘껏 엄살까지 풀어 놓으며 줄을 건너가는 정호. 어렵사리 건너와서는 또 한마디 한다. 어렵겄다 나가는데 쿵, 하고는.

"좋지. 그놈 나비 같구나. 곰의 재주로다."

미양의 배우 씨 역할이 시작되면서 정호를 맞받아친다.

"여러 손님들, 내가 이러고 있을 것이 아니라 배우 씨 말마따나 곰에 재주를 한번 부려 보는데 이번에는 무엇인고 하니 칠보 거중틀기로 나가는 것이렸다. 배우씨 꿍!"

쌍홍잽이로 앉았다가 몸을 솟구치더니 정호는 먼 장으로 나간 몸을 돌려 다시 쌍홍잽이로 앉았다. 정호의 몸은 어느 때보다 가볍고 날렵했다. 주체할 수 없을 정도로 신이 난 몸은 한 마리 나비였다. 배우 씨로 등장한 미양이 한 말씀 날린다.

"이놈 잘하기는 잘하네만 똥방뎅이에 못이 백이겠구나. 네 재주
는 이제 다 했구나!"

"이놈! 아랫녘에 있는 놈이 무슨 잔소리야. 네놈이 똑똑키는 똑
똑쿠나. 그러면 이번에는 똥방뎅이만 놀 것이 아니라 무르팍을 한
번 써 먹겠다. 배우씨 쿵!"

그 말끝에 정호가 외무릎꿇기를 한다.

"지랄방정이로구나!"

"좋지! 이번에는 외무릎풍치기로 나가는데 배우씨 쿵!"

외무릎을 꿇고 양발을 움직여 정호가 앞으로 미끄러지듯 나간
다.

"그놈 무르팍에 바퀴가 달렸구나. 네 재주 있는 대로 다 부려 봐
라."

"……."

정호의 줄타기는 어느 때보다 경건하고 신중했다. 그리고 온 예
의를 갖추어 연기했다. 단지 손주들뿐이었지만 수백 명 숫자에 비
할 수 없는 관객이었다.

줄타기 공연은 훌륭했고 퍽이나 성공적이었다. 작수목을 내려
오는 정호를 덥석 안은 사람은 유진이었다. 유진은 아버지를 품에
안고 눈물을 글썽였다. 그리고 미안하다는 말을 했다. 정호에게
이보다 더한 찬사가 어디에 있을까. 이제 정호의 맘속에 음지 한

자락으로 숨어있던 자신의 줄타기가 햇살 가득한 대낮 속으로 당당하게 걸어 나오고 있었다. 유진에게 외면당했던, 목숨이듯 끌어안고 왔던 줄타기, 이제야 자신의 분신인 아들이 인정해 주었으니 정호 맘이 어떠했겠는가. 암울한 먹구름처럼 마음에 걸려 있던 것들이 스르르 걷히고 있었다. 젖어들던 눈가를 정호는 옷소매로 쓰윽 훑어냈다.

그날 저녁 온 식구가 둘러 앉아 숯불에 삼겹살을 구워 먹었다. 유진이 가장 먹고 싶었던 고국 음식이라 했다. 상추 잎에 쌈장에, 유진의 기억에 하나 흠 없는 상차림은 미양 몫이었다.

제 아버지와 몇 잔 나눈 술로 얼굴이 발그레해진 유진이 말한다.

"엄마, 내일은 전등사를 다녀왔으면 싶어요. 애들에게 보여주고 싶은 게 있거든요."

유진이 말하는 게 뭔지 이해하는 미양이었다. 마당의 삼줄로 한바탕 부자지간이 난리를 치른 후 미양은 유진을 데리고 전등사를 찾았다. 대웅보전 처마 밑을 받히고 앉은 나부를 유진에게 보여주기 위함이었다. 어쩌면 자신의 음모을 넌지시 전하고 싶었는지도 몰랐다. 제 모의에 대한 증인이 필요했었는지, 아니면 나부가 되고 말았다는 자신의 간사한 이유와 너의 아비를 배신하는 방법을 암시하려는 일종의 메시지였는지도.

다음날 식구 모두가 전등사를 찾았다.

"정말 발가벗은 아줌마네."

"정말 힘들겠다."

하늘과 별이 대웅보전 넷 모퉁이를 돌며 소리쳤다. 그러나 미양은 그 처마 밑을 올려다보진 않았다. 늘 그랬듯이 일곱 번째 계단에 서서 늙은 느티나무가 지키고 앉은 너른 마당만 내려다보았다. 마당을 기웃거리는 듯, 아니면 드러내는 게 아까워 조금씩만 내주려는 듯한, 마당 주위의 그 풍경들만 조우했다. 유진은 제 아이들에게 전해내려 온 이야기를 들려주는 중이었다.

전등사 건립에 참가한 도편수의 사랑 이야기였다. 워낙 성실하고 능력이 뛰어난 도편수는 다림을 보고 머름대를 짜고 공포를 두는 일 어느 하나 소홀함이 없었다. 그런데 도편수가 아랫마을의 한 여인에게 첫눈에 반해 사랑에 빠지고 말았단다. 도편수는 하루 종일 그녀 생각밖에는 하지 않았다. 공사가 끝나면 여인과 살림을 차릴 꿈에 부풀어 받은 품삯을 그녀에게 다 맡겼다. 그런데 어느 날 여인은 도편수의 돈뭉치를 안고 딴 남자와 줄행랑을 치고 말았다. 도편수는 마지막 공사로 네 처마 밑에다 여인의 발가벗은 몸을 조각해 넣었다. 나부상은 업을 지었으니 천년만년 무거운 지붕을 떠받치고 뉘우치라는 복수심이었다는, 이야기를 유진이 제 아이들에게 전부 들려주었단다. 엄마가 들려준 그대로, 라는 유진의 말에 미양은 가만 웃었다.

줄행랑을 친 나부의 가방, 이제는 미양 자신의 것이 되어버렸다는 건 아무도 눈치 채지 못한다. 전등사를 찾을 때마다 대웅보전 밑, 일곱의 계단 끝에 앉아 나부가 짊어진 등짐을 어깨 위로 느끼며 고통당했던 미양의 그 시간들조차도. 배반을 핑계처럼 앞세운 가방, 그 속의 희망은 아직도 가슴 한 쪽에서 숨을 쉬고 있다. 도저히 견뎌낼 수 없는 삶에 대한 도피용이라는 분명한 제목이 적힌 가방이었다.

그렇게 유진 가족이 한 달쯤 머물다 떠났다. 아버지 어머니 육순 때 다시 오겠다며 강화 먹거리를 가득 싣고 떠났다. 다시 온다는 말을 보물이듯 내려놓고 갔으니 그들 떠남이 그렇게 서운하지 않았다. 언제든 돌아올 길 하나 잘 만들어 두었고, 그 길 밟고 또 오려니 여겼다. 무엇보담도 구년묵이처럼 마음에 얹혀 있던 정호의 옭매듭을 다 풀어낸 것이다. 제 삶에 비추어 내는 정호의 얼굴빛은 예전과는 비교할 수 없었다. 일부러 헛기침을 흘리기도, 걸음마다에도 괜스레 힘을 모아들이곤 했다. 가슴에다 무엇과도 바꿀 수 없는, 소중한 보물을 모셔둔 낯빛이었다. 유진의 가족들과 명절처럼 들떠 지내는 중에 화란의 전화를 몇 번 확인했지만 폴더는 열지 않았다.

윤후

화란의 전화를 다시 받은 건 「당신의 집」 앞에서였다. 받을까 말까, 잠시 뜸을 들이다가 폴더를 열고 말았다. 그리고는 마땅한 엉덩받이를 찾아 두리번거렸다. 눈에 잡힌 건 벚나무 그늘석이었다.

"몇 번 전화했더니 안 받더구나. 바빴니?"

"좀 바빴어. 손님들이 와서."

제법 늘기 시작한 능청이었다. 옛날 남사당마을 시절의 어물어물한 미양이 아니었다. 이젠 지난 기억으로 주눅들 필요가 없는 나이를 살아내고 있다. 가끔은 통화리 어름사니로 살아가는 정호에게 저당 잡힐 적도 있지만 이제는 그 사슬을 쥐락펴락할 줄도 아는 여유도 거머쥐었다. 나이를 먹어 가면 뻔뻔스러워지는 겔까, 아니면 언제든 떠날 수 있는 가방을 비밀 속에 소유한 탓인지 모른다. 삶의 마지막 보루이듯 유일한 반란이며 희망이기도 한 그것들이 가끔은 미양의 어깨에 은근한 힘을 실어주곤 한다.

물론 화란에게도 당당하지 못할 이유도 없었다. 어쩌면 윤후가 결혼식 날 잠적했을 적부터 화란에게 짓눌렸던 자존심이 조금씩 회복되었다는 게 맞을지도 모른다. 화란의 삶은 경제적, 지역적으로도 고급했다. 가끔 흑백 영화를 상영해 주는 문화원과 전깃불을 누릴 수 있는 읍내는 화란이 으스대기에 충분한 수준의 문화였다. 그녀의 조건은 사당마을의 누추함이 잔달음으로도 따라갈 수도 없이 까마득했다. 그러나 이젠 그 기억에 움츠려들 필요도 없다. 옛날은 옛날일 뿐이다. 옛날이란 현재를 부릴 수 있는 능력을 상실 당했다는 의미이기도 하다. 오래된 시간, 흘러간 시간은 이미 회복 불가능한 구시대이다.

"물리 치료는 잘 받고 있는 거니? 재활 치료가 중요해. 게으름 피우지 말고 꾸준히, 그런 인내를 필요로 하는 증상이야. 하루아침에 회복되는 게 아니니까."

"응. 걱정해 주어서 고맙다."

말이 끝난 후 한참의 침묵 공간이 만들어졌다. 화란과의 대화는 늘 그랬다. 마음으로 나누고 싶은 말은 궁색했고 그 말없음조차 거북했다. 미양은 왼쪽 약지로 귀를 후볐다. 화란의 전화를 받고부터 재발한 버릇이었다. 윤후가 떠난 후에도 미양은 한동안 이명에 시달렸다. 귓속에 주저앉은 웅얼거림이 미양의 신경선을 갉아대기 시작했다. 어떤 적은 요귀들의 아우성처럼 요란하기도 했다. 그 요란함은 어리마리 미양의 세상까지 흔들어대곤 했다. 그것들을 몰아내기 위해 미양은 면봉만 찔러댔다. 면봉에 붉은 피가 스며났고 딱지가 주저앉고 또 가렵고, 피가 나고…… 내내 면봉으로 귀와 투쟁을 반복했다. 견딜 수 없던 어느 날, 이비인후과를 찾았다. 젊은 의사는 신장질환의 병력이 있느냐고 대뜸 물었다. 생뚱맞은 질문에 멀뚱히 그의 얼굴만 바라보았다. 신장이 부실한 이들에게 귀쪽으로 염증이 생긴다든지, 먹먹해진다거나 그런 이상이 올 수 있다고 말했다. 한의학에서도 신장이 멀리 듣는 것, 즉 귀를 주관한다고 했다면서 손전등의 불빛을 불어넣던 의사가 다시 물었다. 어지럽거나 메스꺼움 같은 거는 없느냐고, 메니에르 증후군에 대한 설명을 했다. 고흐가 앓았다는 증상이었다며……. 그 말에 절대 어지럽지 않다고, 누가 흉을 보는 것처럼 가렵다, 라고 단호하게 대답했다. 미양의 말에 의사는 시익 웃었다. 그러면서 귀이개에 의한 염증 정도라고 했다.

"이런 거 물어 봐도 되나 모르겠다. 네가 쓰러진 거 말이다, 뇌일혈이니, 아니면 뇌출혈인지, 그게 좀 궁금해."

화란이 맞았다는 풍의 위치와 내용이 궁금했다. 어떤 곳에 어떤 모양으로 맞이했는지, 지금 진행되고 있는 증상이라든지. 그러나 화란은 늘 급소만을 피해 갔다.

"너 전문가네. 풍에 대해 진지한 거 보면. 나는 풍으로 삶의 밑바닥을 경험했어. 내가 얼마나 오만하게 세상을 살아왔는가, 내 외쪽생각만으로 얼마나 남에게 많은 상처를 주며 살아왔는가,

네게라도 이 말을 하지 않으면 안 될 것 같았어."

면봉을 찾느라 지갑을 뒤졌다. 귀 안쪽 깊은 곳 어딘가에 바람 같은 게 맴을 돌고 있는 것 같았다. 그 바람들이 야유하는 양 미양의 귀에 슬까름을 먹이는 중이었다. 화란의 말은 계속되고 있었다.

"살아 있는 동안 내 속을 실컷 토해내고 싶었어. 그래야만 훗날 눈을 제대로 감을 수 있을 것 같았어. 그래서 널 찾기 위해 백방으로 수소문을 했었어. 미양아. 지금 내 말 듣고 있는 게니?"

"응 , 말해."

손버릇의 관심을 다른 곳으로 옮기기 위해 가방 속을 뒤져보기도 했다. 그러나 손가락은 자꾸 귓가를 기웃거리며 그 쪽에만 신경을 모았다. 아무래도 화란과의 이야기는 금방 마무리 지어질 것 같지 않았다. 화란이 널어놓을 이야기는 또 많은 세월을 불러들일 것이고 그곳을 함께 건너가기 위해서 상당한 시간이 소용될 게 뻔했다. 미양은 벚나무 그늘의 돌무지에 아예 엉덩이를 편하게 내려놓았다.

"너의 성당에서는, 이런 말을 고해성사라고 하지? 참 너 지금 성당에 나가지?"

"응, 오래 되었어. 떠나오면서 그 마을의 것은 모두 버렸어."

버렸어. 엉겁결에 주워 온 오기인 듯 그 말쯤에서 필요 이상의 힘까지 모아들였다.

"아, 그랬구나."

화란은 자꾸 말마투리를 남기려는 듯, 아니면 뭔가를 위해 뜸을 들이는 듯했다. 미양은 명아주 잎 하나를 손으로 문질렀다. 초록 물이 손살 사이로 흘러 내렸다.

"응, 네가 종교를 갖는다면 성당일 거라는 짐작은 어렵지 않았어. 하나도 어색하지 않아, 네게 천주교는. 그리고 윤희와의 연결 고리도 자연스럽고, 네 성품과도 잘 어울릴 것 같아. 겸손하고 다감하고, 그러면서 어떤 다급한 일에도 승겁드는 걸 보지 못했어. 그런 네가 참 부럽고 탐나기도 했어. 그게 너의 트레이드마크 아니었니?"

윤후는 그랬다. 좀 착하다 할까, 아님 느린 구석이 있다고나 할까, 놀리는 것처럼 에둘러 말했다. 미양은 그런 윤후에게 사실 옛날부터 앓고 있었던 심각한 증상이라고 비밀 시늉으로 답했다. 비밀인데, 이렇게 시작하는 미양의 말에 윤후는 미리 웃음부터 터뜨려 놓곤 했다.

'너의 비밀은 급수가 대단히 높아 대나무 밭으로 달려가고 싶다. 임금님 귀는 당나귀라고 외치던 복두장이처럼 말이야.'

화란의 이야기는 계속되었다.

"미양아, 사실 너에게 이 말을 하고 싶었어. 미안해. 많이 미안해. 내가 헤딤비지 않았더라면 넌 윤후 오빠랑 자연스레 함께 하는 삶을 누릴 수 있었을 테지. 그랬을 거야. 그랬더라면 윤후 오빠가 그렇게 되지 않았을 걸 말이야."

뭔 말을 꺼낼 참인지 화란이 잠시 숨을 몰아쉬었다. 그리곤 약간의 침묵이 흘렀다. 준비해 둔 말에 대한 워밍업 중인가, 건너편 건물을 물끄러미 바라보면서 화란의 다음 말을 기다렸다. 요양원, 눈에 띄는 건 없지만 아침을 맞이하는 기운이 분주하게 느껴졌다. 지금 윤희는 아마도 필립의 방에서 제 엄마의 하루를 준비하고 있을 것이었다. 갑자기 화란의 목소리가 툭 튀어 나왔다. 마치 머나먼 별에서 떨어져 내려오듯이.

"결혼 준비를 다 끝낸 어느 날 오빠가 만나자고 왔더구나. 좀 불길한 예감이 들더라. 그건 결혼을 앞 둔 내게 윤후 오빠가 보여준 증상이었으니까. 그래 부딪쳐 보자, 약속된 찻집으로 갔겠지. 그날 너와의 모든 관계를 이야기하더구나. 미양이 없는 세상은 생각해 본 적이 없다고. 그리고 농활 기간 동안 어느 마을에서 함께 보낸 것까지 죄다 솔직하게 말하더라. 왜 너였을까, 그냥 오기가 치솟더라. 다른 사람이었다면 윤후 오빠 말대로 둘이 합의하에 파혼을 할 수 있었을지 몰라. 맘에 없는 사람 잡고 내 일생을 불행의 소굴로 빠뜨릴 만큼 어리석지 않았으니까. 내 계산법도 영악한 편이잖아. 그런데 너라는 말을 듣고는 온몸의 피가 역류하는 것 같더라. 열패감이었어. 넌 별로 눈에 띄지 않은 아이임에도 늘 나를 앞질러 서 있곤 했거든. 아, 이번에도 너구나, 그런 생각이 벌떡 자리를 떨치고 일어서게 했어. 한 모금도 마시지 않은 찻잔을 두고 뛰쳐나와 버린 것도 너, 미양이란 이름 때문이었다.”

“…….”

“너에게 나의 어리석음을 이렇게 이야기할 수 있는 것도 피하지 못한 풍에 의한 내 현실 때문일 거야. 기고만장 내 기상을 꺾어버린 것도 풍의 모의야. 맞아 그럴 거야. 좋게 말한다면 겸허해졌다고나 할까, 내가 맞이한 불행이 나를 한없이 낮은 자리로 내려놓았단다. 그래서 네게 말을 하지 않으면 견딜 수 없었어. 그래 솔직하게 말할게. 너랑 학교 다니던 3년 내내 나는 네가 참 부러웠다. 넌 모든 사람의 사랑을 받는 아이였잖니. 선생님이든, 친구든 말이다. 너는 전혀 눈치 채지 못했겠지만 늘 네게서 주눅이 들었단다. 항상 넌 내 앞에 서 있었으니까. 공부면 공부, 음악, 그런데다 왜 그렇게 착하기까지 했냐? 사실로 말하자면 내가 좀 샘바른 편이었잖니.”

한숨인가, 전화기 안으로 바람 같은 소리가 들려 왔다. 사실로 말하자면 샘바른 편이었다고, 하는 화란의 말에 연민을 느꼈다. 자신의 치부를 인정하고 그 걸 뱉어낸다는 건 아무나 할 수 있는 일이 아니니까.

“그래서 윤후 오빠 말을 수용할 수 없었어. 부모님들 약속을 깰 수 없다는 핑계를 앞세웠어. 미양이란 이름의 개입이 없었더라면 파임내는 결단도 생각했을 거야. 윤후 오빠가 그런 유치한 방법으로 내게 보복할 줄은 몰랐어. 결혼식 날 나타나지 않는 신랑을 기다리는 신부 꼴이라니, 내 삶의 참담한 처음 패배였다. 분했어. 정말 그렇게 분할 수가 없었어. 솔직하게 말할게, 윤후보다 네가 더 미웠어. 너를 만날 수 있었다면 분풀이를 아마 네게 했을 거다."

또 한참을 쉬어 가는 중이었다. 분하다고 말은 했지만 음색에 묻혀 나오는 분노는 느낄 수 없었다. 흘려보낸 하 많은 세월 때문인가, 아니면 지치고 병든 몸 때문인지도 몰랐다.

"내가 이곳으로 온 건 탈출이었어. 그 사건에서 도망칠 곳은 이곳뿐이었어. 그러나 상처를 피하는 방법으로 먼 거리는 도움이 되지 않았어. 멀리에 왔어도 그것들은 엿가락처럼 내 뒤꽁무니만 붙어 다니겠지. 결국 알코올 중독까지 갔어. 내가 왜 그렇게 당했으면서 가해자로 내몰려야 하는가, 하는 게 억울해서 견딜 수가 없었어. 약속을 깨고 나를 유린한 건 오빠인데 모두들 오빠가 잠적하고 아버지가 급히 돌아가시고, 그 집안이 풍비박산이 된 게 내 탓이라고 하니. 그 이유들 때문에 술을 마시지 않으면 하루를 견딜 수가 없었어. 나 자신이 불쌍하고 초라하고 억울하고, 이런 것들과 싸우기 위해 술이 필요했어. 알코올 중독 2기까지 가서야 정신을 붙잡았지. 살아야겠다는 생각을 하기까지 남편의 힘이 컸어. 아무튼 일어서야만 했어. 그 뒷일은 다시 생각해 볼 참이었지."

안개처럼 하늘이 뿌옇게 내려앉고 있었다. 그 사이로 은근한 햇살이 빠져 내렸다. 벚나무 그늘 아래서 미양은 화란이 데리고 온 세상의 시간에 젖어 들고 있었다.

"불안과 우울증, 몰래 숨어 마시던 술은 일상적인 습관이 되고 말았어. 제일 어려웠던 건 치료의 시도였지. 치료를 거부한 나 자신 때문이었어. 남편은 코르사코프 증후군을 우려했지만 다행히 그 증상은 피해 갔어. 그 대신 나는 가슴 한 쪽을 내놓아야 했지. 그걸 내 자신의 일로 받아들이는 게 제일 어렵고 고통스러웠어. 누구도 그 상처를 대신할 수 없었어. 그건 철저하게 싸워 이겨내야만 할 내 몫이었으니까. 이를 악물고 이겨 내었지. 남편은 헌신적이었어. 참 착해. 일본인이야. 동양인인지라 정서가 비슷해 소통에는 문제가 없어."

유방암으로 한 쪽 가슴을 내놓은 화란, 가슴이 없는 그녀를 그려 보다간 고개를 흔들었다. 미양의 고갯짓에 그려 놓았던 화란의 빈 가슴은 산산이 흩어지고 말았다.

윤후가 P대학에 합격하던 날 그의 아버지는 남새밭 옆에 기르던 어미 돼지를 잡아 동네잔치를 벌였다. 하느님 은덕이라고 공소 사람들은 치하했다. 공소를 온 믿음으로 이끌어가던 윤후 아버지에 대한 칭송이기도 했다.

윤후를 쫓아다닌 건 화란이었다. 화란의 소유는 미양이 다가갈 수 없을 정도로 넉넉했다. 읍장인 아버지와 교직에 몸을 담고 있던 어머니, 경제적으로도 나무랄 데 없는 집안이었다. 구김살 없는 화란은 이런 집안을 배경으로 둔 탓일 것이었다. 어디 하나 허술한 데 없는 조건이었다. 미양은 그런 화란 앞에서 괜스레 누추해지는 자신을 느끼곤 했다. 화란과 윤후의 결혼이 점점 모양을 갖추어나갈 때 며느리를 잘 맞는다는 인사말을 받아내는 윤후 아버지는 대단히 흐뭇한 얼굴이었다. 생각이 잠깐 그 겨울로 마실갔을 때 다시 화란의 얘기가 미양의 귓가로 다가왔다.

"나는 지금도 오빠를 이해하지 못해. 나에게서 도망갔으면 너를 찾아가야 하는 게 당연하지 않았을까. 그때 오빠의 맘에는 오직 너밖에 없었으니까. 신학교 편입 이야기도 들었어. 나는 그렇게 생각했어. 아, 잠깐 하느님 품으로 피신했구나. 그 지대라면 오빠가 안심하고 숨을 수 있었으니까. 돌아올 줄 알았어. 절대로 너를 버릴 사람이 아니었으니까. 신부가 되리라고는 꿈에도 생각 못했어. 결혼식 엎을 정도의 용기와 사랑이라면 너와 결혼을 불사할 수도 있었을 터인데 말이다. 나는 하느님 품으로 숨어 버린 윤후 오빠가 참 비겁하다는 생각도 했어. 너는 어떻게 생각해? 왜 너랑 결혼하는 방법을 피했을까?"

기습적인 질문이었다. 화란의 자기중심적인 사고는 깊숙한 곳에 숨겨두었다가 필요할 때 다시 꺼내 쓰는 도구였다. 당돌한 물음 앞에서 미양은 암말도 못했다. 화란의 말을 받아 놓은 시간은 불과 몇 초에 지나지 않았지만 미양은 자신이 긴 시간 문책을 당하며 내몰리고 있는 느낌이었다.

윤후가 떠난 후 화란에 밀렸던 자신의 형편들이 불리하지도 않다는 생각을 했다. 마음을 차지한다는 건 온 우주를 얻는 것 보담 훨씬 가치가 있고 이득이 되는 계산이었다. 보잘것없는 조건으로 화란을 이겨낸 미양의 은근한 승리이기도 했다. 미양은 침묵으로 버티었다. 침묵이 화란에게 긍정의 의미로 치닫고 있다는 것은 짐작했다. 그랬어도 침묵 외는 할 수 있는 게 아무것도 없었다.

미양을 부르는 목소리가 들렸다. 모니카였다. 그곳에 쭈그리고 앉아 뭘 하느냐, 며. 미양은 입을 열 수가 없었다. 코너로 몰린 권투선수처럼 움직일 수도 없었다. 암말 없이 화란의 다음 이야기만 기다렸다. 모니카에게 곧 간다고 손짓으로 알렸다.

"진실이 절대 옳은 짓만 한다고 믿는 건 어리석은 생각이야. 진실이나 솔직함이 거짓말보다 잔혹한 상처를 줄 수 있다는 거, 그걸 알고 있을까. 내 말 듣고 있니?"

"응 듣고 있어. 지금 봉사 시간이라 들어가던 참이었어."

"아, 그렇구나. "

"그래, 다음에 또 전화할 게. 미양이, 너에게 추궁하려는 맘은 아니었어. 단지 물어보고 싶었을 뿐이었어. 내가 뭐 너에게 떳떳한 입장은 아니잖아. 그리고 넌 어떻게 견뎌 내었니? 참 이 말을 하고 싶어 네게 전화했는데 자꾸 말이 겉돌기만 했어. 이제 말할 게. 나는 얼마 전에 소식 들었어. 네게 전화하려고 맘먹은 것도 윤후 오빠 소식을 접한 후야."

뜬금없는 말이었다. 윤후가 사제가 되어 인도네시아 어느 섬으로 잠적했다는 소식은 이미 거론된 이야기였다. 그리고 미양은 윤후의 엽서로 인정했다. 그런데 화란의 말의 길을 헤아려 낼 수가 없었다.

"너는 참 대단한 심성이구나. 나는 지금도 윤후 오빠를 생각하면 미움과 연민으로 울컥울컥하는데."

미양이 견딜 수 없어 화란을 불러냈다.

"너 지금 뭔 말을 하고 싶은 게니?"

화란의 전화가 뜸을 들이는 중이었다. 암말이 없었다. 미양이 다시 화란을 불러냈다.

"화란아!"

"그래 미양아. 내 짐작이 맞는 거 같구나. 너 몰랐지? 정말 아직 모르는 게 맞구나. 너랑 전화를 하면서 자꾸 네 눈치만 보았다. 행여 네가 먼저 말해주지나 않을까, 하고. 그런데 자꾸 의심스럽더라. 네가 시치미를 떼는 걸까, 그런 것 같지도 않아서 빙빙 네 말의 주위만 맴돌았어. 모르고 있었던 게 사실이구나. 윤후 오빠 죽음 말이야. 나는 여기서도 벌써 듣고 있었는데."

"뭐라구? 화란아 다시 말해 봐!"

"윤희가 말 안 해 주었구나. 이유가 있겠지. 네게 더 이상 상처 주지 않으려는 윤희 마음일 거다. 인도네시아 어느 섬, 잘 알고 있는 쓰나미 사건 있었잖니. 그때라는 걸로 알고 있어. 학교 쓸려 내려갈 때 아이들 구하려다 희생이 되었다고 했지, 아마. 그런 걸로 알고 있어. 올케한테 들은 소식이었어."

움직일 수가 없었다. 온몸의 기관들이 뻣뻣하게 굳어 들어가는 것 같았다. 주저앉은 자리에서 도저히 일어설 수가 없었다. 윤후가 이 세상에 없다니.

하늘이 무너지고 땅이 꺼진다는, 단지 그것만 느낄 수 있었다.

길은 아득하고 또 아득했다. 벚나무 그늘에서 바라본 요양원은 허상이듯 가물거렸다. 허벙거리지 않으려 안간힘을 썼다.

윤후가 죽다니.

윤후가 죽다니.

세상에 알고 있는 말이 그뿐인 듯 달리 떠오르는 단어가 없었다. 허든거리며 걸어가고 있는 길이, 지금 바라보고 있는 하늘이 도무지 현실의 것으로 믿어지지 않았다. 그러면서 맘은 냉각된 물질처럼 냉정해지기 시작했다. 「당신의 집」이 점점 가까이 미양 앞으로 다가왔다. 그냥 그것들이 미양을 향해 걸어오고 있었다. 윤희를 만나야 한다는 생각만 저 먼저 바삐 앞을 달려갔다. 속수무책, 가만 그것들을 관망하며 멈추어 섰다. 다급히 다가오는 거대한 「당신의 집」 앞에 서서 윤희를 피해야 한다는 절박함이 다시 그녀를 휘두르기 시작했다. 사실과 진실이 늘 우호적인 것만 아니라던 화란의 말도 길 앞을 막아섰다. 길게 뻗은 길 위에서 뒤죽박죽 모든 것들이 엉켜들었다. 여태까지 마음속에 챙겨 두었던 희망조차 총총걸음으로 등을 보이고 있었다. 두려웠다. 두려움과 마주치는 것이 또 두려웠다. 멀리에 있어도, 살아있다는 것은 충분한 희망이었다. 희망을 위해 미양이 마련해 두었던 비밀의 가방조차 돌아서려 했다. 미양의 생애 가장 거대하고 유일한 희망이었던 가방이었다. 그것으로 버티어 왔던 삶이었다. 이 절망을 피할 방법은 없을까, 미양은 두리번거렸다. 이 모든 것들에서 달아날 수 없을까, 쥐 숨듯 어디에든 숨을 곳이 필요했다. 그러나 절박한 마음과 달리 미양은 제 발걸음으로 짓밟고 또 짓밟으며 요양원 건물을 끌어당기고 있었다.

천천히 아주 천천한 걸음으로 나아갔지만 「당신의 집」은 재빠르게 달려들었다. 허깨비처럼 서서 멀뚱하게 건물을 바라보았다. 낯설었다. 한 번도 본 적이 없는 듯, 건물은 아주 생소한 이방인처럼 서 있었다. 도망을 가야 해, 미양은 재바르게 등을 돌렸다. 그때 빵빵, 컬렉션 소리가 요란했다.

"여기서 왜 이러고 있어?"

"올가님! 왜 그래요?"

두 번째 소리에 얼굴을 돌렸다. 원장 수녀와 마리아 수녀였다. 자동차 문이 열리고 마리아 수녀가 내렸다. 미양의 몸을 잡고 흔들었다.

"미양아 왜 그래, 무슨 일이야?"

비로소 윤희의 얼굴이 눈에 들어왔다. 윤희를 보는 순간 모든 힘이 땅속으로 꺼지고 미양의 몸은 빈 보릿자루처럼 무너앉고 말았다.

눈을 뜨니 침대였다. 머리맡에서 윤희가 얼굴을 닦고 있었다.

"이제야 정신이 드니 ?"

쉼 없이 눈물만 흘러 내렸다. 눈물은 어디에서 오는가, 울고 또 울었다. 끝없는 눈물에 윤희는 섣부른 관여는 삼갔다.

"왜 내게 말 안했어?"

"알고 말았구나. 짐작했어. 햇노랗게 변한 얼굴로 네가 쓰러질 때, 드디어 알고 말았구나, 하는 짐작에 하늘이 내려앉는 것 같았어. 네가 알까봐 두려웠어. 절대로 모른 채 이 세상을 지나갔음 그렇게 바랐거든. 오빠는 그냥 먼 나라에 있다고 생각하면 될 뿐이니까. 그래서 말하지 않았어. 아니 도저히 말할 수 없었다는 게 옳을 거다. 엄마도 사실은 오빠 소식 듣고 저렇게 쓰러지신 거야."

가만 눈을 감았다. 어떻게 이럴 수가, 어떻게. 도대체 하느님은 뭐 하신 건가, 데려갔음 잘 지켜주기나 하시지. 이럴 테면 차라리 데려가지나 말던지. 미양은 그분에 대한 원망으로 가슴이 터질 것 같았다.

세상을 바라볼 힘이 없었다. 윤후가 없는 세상을 생각해 본 적이 없었다. 살아있는 목숨이랄 수도 없었다. 어디엔가 윤후가 존재한다는 것만으로도 숨을 쉴 수 있었고 그로 인해 미양의 세상은 살아 움직였다. 미양은 감은 눈으로 기진하고 말았다. 사흘을 혼수상태에서 헤맸다. 다시 눈을 뜨니 여전히 윤희의 방이었고 윤후를 데리고 간 그분이 십자가에 못 박힌 채로 벽에 걸려 있었다. 일어나려 몸을 일으켰으나 링거 병에서 내려온 줄이 미양의 팔에 꽂혀 있었다.

눈을 감았다. 눈꺼풀이 이렇게 무거운 줄도 몰랐다. 눈을 떠보려 해도 짓누르는 무게 때문에 맘대로 열리지 않았다. 눈을 뜨면 윤후의 예수님이 미양을 뚫어지게 바라보고 있었다. 벽 높이 걸린 십자고상에 눈돌림질 하려해도 몸이, 마음이 말을 듣지 않았다. 어디에서 얻어온 용기일까, 미양은 십자가에 매달린 분을 노려보았다. '저는 당신의 정체를 모르겠습니다. 당신은 누구십니까, 뭐 하는 분이십니까.'

이젠 더 이상 잃을 것도 없다는 절망의 선동이었을까, 미양은 한참이나 십자가에 매달린 그분에게 맞방망이를 댔다. 그러다가 또 혼미한 상태로 빠져 들었다. 한참 후, 문 열리는 소리와 함께 조용 조용한 기척이 다가왔다.

"깨어났니?"

윤희였다. 이불자락을 여며 주며 윤희가 미양의 손을 잡았다.

"기운이 없을 터이니 듣기만 해. 정호 씨가 데리러 왔기에 그냥 내가 한 며칠 돌보겠다고 했어. 정호 씨에게 사실대로 말했어. 그래야만 너를 두고 갈 수 있을 것 같아서. 그랬더니 흔쾌히 허락하더구나. 깨어나면, 그리고 집으로 오고 싶다 말하면 연락해 달라고 하더라. 차를 갖고 오겠다 했어. 그러니까, 푹 쉬어."

"내가 여기 얼마나 누워 있는 거야?"

"5일째야. 계속 영양제 투입하고 있어. 죽이라도 좀 먹었음 싶다. 일어날 기운 있어? 너 일어나면 먹이려고 죽 끓여 놨어."

"오빠는 지금 어디 있어?"

"그렇게 갔으니 흔적이 어디 있겠어? 지금은 하늘에 있어. 지금 우리의 이런 모습을 지켜보고 있을 게다. 오빠는 하느님이 돌봐 주실 터이니 걱정 말고 네 몸이나 챙겨. 이참에 앓을 거 있으면 실컷 다 앓고 일어나도록 해. 잊을 것 있음 이 방에서 다 해결한 후 툭툭 털고 빈 몸으로 나가."

미양은 앓고 또 앓았다. 도저히 몸을 가눌 수가 없을 정도로 무력증이 그녀를 덮쳤다. 앓기에는 윤희의 방이 훨씬 편했다. 맘 놓고 앓을 수 있었다. 보름의 날들이 흘렀다. 그리고 정호를 불러 집으로 돌아왔다.

윤희의 기도 때문일까, 보름 동안 앓을 것은 다 앓았다. 실컷, 맘 껏 앓았다. 윤희의 방을 나오면서 그 방에다 윤후, 라는 이름도 버리고 나왔다.

새로운 수요일 하나가 돌아왔다. 그간 화란의 전화는 받지 않았다. 마치 소설을 읽어 주듯 차례차례 풀어나가는 화란의 이야기는 이제 더 들을 필요가 없었다. 윤후의 잠적과 죽음은 화란에게도 깊은 상흔이었을 것이었다.

정호는 통화리 가는 길에 미양을 「당신의 집」에 내려주었다. 정호도 이젠 통화리라는 말에 주눅들지 않는다. 미양은 가방의 의미를 잃어버렸고 더 이상 돌아올 수 없는 것에 집착할 수 없었다. 희망은 사라졌지만 체념의 수순을 밟는 계단을 마련해 주었다. 이제 정호의 세계, 아버지의 세상을 인정해 주어야만 했다. 부질없는 희망에 매달렸던 많은 시간들, 모두 보내 주어야만 했다. 정호와 아버지의 세계와 대치하는 것도 힘에 부쳤다. 솔직히 말하면 손에서 놓아버린 끈이라는 게 맞을 게다. 아버지와 정호는 미양의 삶 일부였으며 벗어나고 싶다고 훌훌 털어버리는 먼지와는 달랐다. 어쩜 이 옭매듭은 세상에 태어나기 훨씬 이전부터 운명이란 고리로 묵혀 있었는지도 모른다. 그러니까, 신승구라는 이름의 아비 딸이 되었고 엉뚱하게 정호와는 핫아비와 핫어미로 한 살매 살아내야 할 부부가 되었는지.

정호의 차가 저만치 멀어져갔다. 미양은 등을 돌려 「당신의 집」 안으로 걸어갔다. 제대로 모양을 갖춘 여름이 다가와 있었다. 햇살이 부담스러워 미양은 모자를 꺼내어 썼다. 성모상 앞에서 모니카와 마리아 수녀가 뭔가 얘기 끝에 웃음을 터뜨리고 있었다. 미양은 그들 앞으로 걸어갔다.

"올가 자매님이시다."

인기척을 느낀 모니카가 돌아보며 웃었다. 그 말에 마리아 수녀가 얼굴을 돌렸다.

"이젠 좀 괜찮아요?"

모니카가 달려와 손을 잡으며 반가워했다. 모니카와 인사를 나누는 모습을 윤희는 가만 지켜보며 서 있었다. 사무실에 들렀다가 모니카와 탈의실로 걸어갔다.

"수녀님과 뭔 이야기를 그렇게 재미나게 했어요?"

"아, 성모님 앞에서요?"

"그래. 환히 웃는 수녀님을 참 오랜만에 봤거든요."

" '사도 요한의 방' 환우 이야기였어요. 오렌지 소프트볼을 쥐고 다니는 정열 씨 있잖아요. 그가 모니카를 사랑한다는 연애편지를 쓰고 있는 중이래요. 요즈음 글 쓰는 연습을 열심히 하는 모양인데 아무래도 제 생애 처음으로 러브레터라는 걸 받아 볼 모양이네요. 그거 한 번 받아 본 적 없는데 정열 씨가 제 소원 풀어주려나 봅니다."

모니카의 말 속엔 연신 웃음이 묻혀 나왔다. 정열 씨라면 당뇨병을 앓다가 풍을 맞고 후유증으로 반신불수가 된 노총각이다.

"수녀님 말씀이 어제는 지팡이 없이 우뚝 섰다고 하네요. 사랑의 힘이라는 수녀님의 말에 그렇게 웃었어요."

사랑의 힘, 모니카는 사랑의 힘이라고 했다. 미양은 이곳을 드나들면서 모니카의 그런 힘을 부러워했다. 어디 어느 곳이든 그녀가 있으면 주위가 빛처럼 밝고 분위기가 따뜻해진다. 그건 많이 배워서, 또는 애를 써서 되는 일이 아니라는 것도 안다. 아무도 흉내 낼 수 없는, 모니카만의 특별한 성품이었다. 옷을 갈아입고 병실로 들어섰다. 문을 열고 환기를 시키는 모니카 뒤를 졸졸 따라 들어간다.

희망

모니카는 벌써 짧은 소매 원피스 차림이다. 단지 팔을 반쯤 드러낸 패션일 뿐인데 우주가 연출하는 섭리인 여름을 모니카가 물어다 들이는 것 같다.

"아, 냄새 좋다. 벌써 여름 냄새다."

"올가 님은 그냥 가만 그 자리에 계시면 계절은 제가 늘 데리고 올 게요. 수고스럽게 찾아 나설 생각 마시구요."

모니카의 대답에는 세상을 바라보는 시선이 깊고 긍정적이다. 그녀와 함께이면 어떠한 갈등이 앞에 놓일지라도 풀매듭으로 변해 마음자리가 훤해지곤 한다.

오전의 일과는 「토마의 방」 환우들의 재활 운동을 돕는 날이다. 미양은 봉사를 시작한 지 1년이 되었어야 남자 환우들의 몸을 만질 수가 있었다. 모니카는 첫손부터 남녀노소 막론하고 편견이 없었다. 스스럼없는 손과 모난 데 없는 성격, 모니카와 한 팀이 된 것은 미양의 삶에까지 힘이 되어 주었다.

　오전의 재활 도우미를 끝내고 오후에는 주엽의 방을 찾았다. 주엽의 재활을 도맡는 일은 가눌 수 없는 시간을 견뎌 내는 데 오히려 많은 힘이 되어 주었다. 지난 날, 윤후가 신학교로 숨어들었을 때 유진이가 고통의 시간을 버티게 해 주었듯, 이번에는 주엽이었다. 주엽의 손을 잡으면 뭔가 꼼지락거리는, 아니 주엽의 걸어오는 마음을 느끼곤 한다. 마치 전류의 미세한 흐름과 같은.

　"어제는 비가 왔어. 그래서인가 지금 창밖의 하늘빛이 푸르고 싱그럽단다. 빗줄기들이 풍경들을 상쾌하게 씻어 내었네."

　따뜻한 물수건으로 주엽의 손을 닦기 시작했다. 사고가 아니었다면 열심히 피아노 건반을 두드렸을 손이다. 모든 살이 다 빠져내린 주엽의 손은 앙상하다 못해 가냘팠다.

　"주엽이 좋아할 소식이 있어. 얼른 주엽에게 들려주고 싶은 맘이 어찌나 발길을 재촉하는지 서둘러 달려 왔어."

　서로의 손 웃아귀를 끼워 잡고 흔들었다.

　"우리 집에 식구 둘이 늘어났어. 하얀 털의 강아지 두 마리야. 어제 비오는 날, 그런데 길 아래 수풀 속에서 낑낑거리는 소리가 들리겠지. 가만 보니 비머리한 강아지 두 마리가 서로의 몸을 끌어안고 있는 거야. 유기견이 낳은 후 버리고 간 새끼들이라는 걸 금방 알아챘지. 우리 집에 아예 터를 잡은 깜순이와 출생 방법이 다르진 않아. 뒷산에서 내려온 놈이니까. 두 놈의 털은 비를 맞아

지저분하게 엉켜 있고 겁에 질린 눈이 불쌍했어."

주엽의 손가락 반응이 수상했다. 아주 미미하지만 분명 움직임이었다. 움직임, 그건 마음의 표현인 것이다. 의식에 대한 자신감이 또 미양의 희망을 부추기고 있었다. 의식, 분명히 주엽에게 의식이 존재한다, 그리고 지금 온 마음을 다 열어두고 있다는 믿음에 기대면 미양의 모든 세포들마저 들뜨는 것 같았다.

"그냥 내가 쓰고 있던 우산만 씌워주려 했어. 비를 노맞고 있는 강아지들이 덜덜 떨고 있었으니까. 비라도 피하면 괜찮겠지, 하며 우산을 강아지 몸에 맞추어 고정시키느라 끙끙거리고 있었어. 그때 말이야 정호 아저씨가 나타난 게야. 우산 속의 강아지 한 마리를 덥석 안아 올리는 거야. 내게 손짓을 하더라. 나머지 한 마리를 안고 오라는 시늉인 거지. 그러나 금방 손이 강아지 앞으로 가지 않는 거야. 자신이 없었거든, 어떤 생명을 책임져야 한다는 것에."

몸의 모든 기관들이 주엽을 살피기 위해 동원되고 만다. 눈빛은 눈빛대로, 손은 손대로, 마음은 마음대로 주엽의 미소한 반응을 놓치지 않기 위해 신경을 곤두세운다.

"우리 집 마당에서 회합하는 유기견들, 걔들 너무 웃긴다고 했지? 제집인 듯 아주 편안한 포즈로 드러누워 내가 지나가면 뭔 낯선 객인가, 하고 시큰둥하게 쳐다보는 걔네들을 보면 완전 주객이 전도된 거야. 그런 개들이 마당에 가득인데 또 데리고 가자는 정호 아저씨가 못마땅했어."

이젠 하다못해 주엽의 귀까지 살피게 된다. 자신이 하고 있는 말을 귀가 온전하게 전해주고 있는가, 하는 의심으로.

"그런데 어떡하냐, 그냥 두면 저체온 현상으로 죽을지도 모른다 는데. 결국 한 마리씩 안고 집으로 돌아왔어. 따뜻한 우유를 먹이 고 이불을 덮어 주었더니 털이 하얗게 살아나는 거야. 복슬복슬한 강아지야. 주엽이 눈을 뜨면 꼭 보여주고 싶은데. 너무 귀여워."

아, 그런데 주엽의 엄지손가락이 손등을 건드리는 것이었다. 이 번엔 눈이 잡아낸 사실이었다. 희망이 멋대로 지어내고 싶어 하는 조작이 아니었다. 주엽의 손가락이 드디어 반응을 한 것이다. 마 음은 손으로 전해진다, 라는 믿음의 승리였다. 주엽의 손을 힘주 어 움켜쥐었다. 주엽아, 주엽아, 잘 들어주고 있었구나, 그래 고마 워. 미양의 들뜬 목소리는 강아지 이야기를 끝없이 이어가고 있었 다. 주엽의 관심을 붙잡아 두기 위해 강아지 앞날까지 미리 당겨 놓았다. 빗속에서 거두어들인 강아지 두 마리가 주엽을 일으켜 세 우는 중이었다. 생명을 거두어들인 사소한 일에 어느 분이 내리는 포상일지도 몰랐다.

그날, 주엽의 반응은 절망의 늪을 잘 건너 온 보람이기도 했다. 꼬리에 꼬리를 물고 늘어져 가는 강아지 이야기에 주엽의 손가락 은 부지런히, 그리고 감사하게도 계속 꿈지락거렸다. 마리아 수녀 를 불렀고 원장 수녀님까지 주엽을 지켜보았다. 모두의 결론은 주 엽의 의식이 돌아오고 있다는 것, 그리고 주엽 자신이 적극적으로 자신의 의식에 매달리고 있다, 라는 것이었다. 낼 또 올게, 미양은 주엽의 볼을 만지며 방문을 나섰다.

　사실 어렴풋이 주엽의 변화를 느끼기 시작한 건 풍물놀이패 녹음 때부터였다. 그 후 조금씩 주엽의 징후가 예사롭지 않음을 느꼈다. 뭔가 드러내는 기척은 아니지만 분명 주엽의 마음이 움직이고 있음이 손끝으로 전해졌다.

　주엽에게 자주 들려주었던 테이프는 언젠가 통화리 패들이 정선 장날에서 텄던 난장쇠 풍물놀이였다. 현장을 직접 녹취해 둔 공연이었다. 주엽이 스스로 자신을 무너뜨리고 있다는 생각에 깊이 절망하던 때였다. 상처를 받아본 사람들만이 상처의 깊이를 안다. 그래서 누군가의 상처도 깊은 마음으로 어루만질 줄도 안다. 어린 나이에 제 몫인 상처를 감당할 수 없어 그래서 거부하고 있다고 믿었던 주엽, 제 상처는 자신의 것으로 받아들여야만 치유가 가능하다. 외면하고 도망치면 삶과 영원히 타협할 수가 없다. 불가능보다 가능을, 절망보다 희망을 얻어내기 위해 그동안 주엽에게 여러 가지 방법을 시도했었다.

　피아니스트를 꿈꾸었다는 것에 초점을 맞추고 먼저 피아노곡부터 시작했다. 사실 피아노에 많은 기대를 걸었다. 그러면서 음악의 여러 장르를 모아들였다. 주엽에게 시도할 방법은 청각을 이용하는 게 제일 효과적이라는 걸 믿고 있었으니까. 그의 귀를 타깃으로 삼은 미양은 클래식 피아노곡을 시작으로 재즈까지 동원해 보았다. 피아노가 주엽에겐 가장 설득력 있는 접근 방법일 거라 생각한 건 오해였다. 주엽의 감은 눈 안의 동공이 가장 민감하게 반응한 건 드럼 연주였다. 타악기가 표현하는 원시적 리듬 때문일까, 아니면 각각 악기들의 명료한 음색이 잠자는 주엽의 감성을 건드렸는지도 몰랐다. 미양은 자신의 세포 하나하나가 자리를 털고 일어서는 듯한 전율을 느꼈다. 그러나 조금씩 발전하던 주엽의 눈동자가 어느 날 다시 제자리로 주저앉고 말았다. 계속 나아질 거라는 기대는 미양을 슬럼프에 빠져 들게 했다. 그러던 중에 정호가 난장쇠 공연을 준비하는 걸 알았다.

시골 난장판 풍물 공연의 일종이다. 그 지방의 두렁쇠 중에서 능숙한 사람으로 편성되며 때로는 초청 공연을 시도하기도 한다. 마침 초청받은 정호의 난장판 공연은 맥이 빠져 있는 미양의 기운을 북돋우었다. 무조건 따라나선다는 미양의 말에 정호의 반응은 호의적이었다. 정선 장날이었다. 정선은 미양에게 낯선 땅이 아니었다.

대학시절 어느 여름, 가톨릭 청년 대회에 참가하는 윤후와 윤희 뒤를 따라나섰다. 정선 성당으로 들어섰을 때 한 그루 전나무가 멀쑥했다. 여름 햇살이 뒹구는 마당 가운데였다. 나무 아랫몸에 묶여 있는 수탉 한 마리 또한 뜬금없는 연출이었다. 한쪽 발에 긴 줄을 거느린 닭은 줄이 허용하는 마당만큼의 햇살을 쪼고 있었다. 다급한 시간 같은 건 필요하지 않은 평화로운 마당이었다. 그곳 성당에서 사흘을 지냈다. 정선의 모든 풍경에는 너그러움이 넘치도록 채색되어 있었다. 하나 바쁜 거 없이도 잘도 돌아가고 있었으며 세상의 모든 여유들이 옹기종기 모여 사는 시골마을, 장날의 모양도 그러했다.

장날에서 난장판을 만난 것이다. 낯설지 않는, 아버지의 치부를 엿보는 듯한 풍물 판이었다. 미양은 멀찌가니 서서 난장쇠들 노는 양을 지켜보았다.

영기와 두레기를 앞세우고 긴 대나무 통 끝에 쇠뿔을 달아 놓은 땡각이었다. 그것으로 대중없이 부우부우 불어대는 땡각잽이, 병신 흉내를 내는 양반광대, 앞선 두 사람 뒤로 상쇠 부쇠 중쇠 등, 아버지의 놀이판을 보듯 훤했다. 정호가 가끔 그러하듯이 그들도 어디에선가에서 초청받은 놀이패들이었다. 너무나 익숙한 풍물인지라 무엇이 제자리에 잘 섰고 무엇이 어긋난 것인가 그것들 지적이 하나 어렵지 않았다.

그 장날을 기억하며 녹취한 정호의 놀이판이었다. 주엽이 가장 먼저 반응한 소리는 꽹과리였다. 쇳가루 흩날리듯 흥청거리는 꽹과리 요란한 소리에 주엽의 눈두덩에 놀란 떨림이 왔다. 징이 울리고 북소리, 장고와 날라리가 계속되는 중, 주엽에게서 점점 눈에 띄는 반응이 일어났다. 지난 번 드럼 연주에서 얻어낸 효과를 다시 만난 것이다. 주엽은 고맙게도 우리의 국악에 성의 있는 반응을 보여 주었다.

놀이에 재미들인 아이처럼 녹취한 난장쇠 연주를 시그널 음악처럼 들려주었다. 주엽의 소리 치료는 그렇게 시작되었다. 미양은 책을 읽어 주는 시간을 줄여 나갔고 그 시간을 국악 연주에 활용했다. 효과는 생각 외로 만족스러웠다. 점점 주엽의 눈동자가 부지런을 떨기 시작했다. 게슴츠레 눈 열림을 시작하기까지 미양은 모든 인내를 동원했다.

눈동자에 큰 의미는 담지 못했어도 주엽이 빗뜨는 눈망울로 온 세상을 두리번거릴 때, 마리아 수녀 손을 잡고 흐느꼈다. 죽은 아이가 다시 살아난 맘이 그랬을까.

주엽의 깨어남을 위한 기도의 힘이 증거를 보이기 시작한 것이다. 툭툭, 잠을 털고 일어나듯, 그런 날이 오면 제일 먼저 소리가 풍성한 풍물놀이패를 만나게 해 주리라 맘먹었다.

풍물놀이를 한 물질로 가정하고 분석한다면 종합 영양제 같은 성분이다. 간단한 재료를 짧은 시간에 섭취할 수 있다는 효과를 얻을 수 있기 때문이다. 원초적인 음악이 있고 춤이 있고, 흥이 있어 희망을 나눌 수 있는 조건을 두루 갖춘 셈이다.

어린 시절, 그 마을에도 정초 연례행사로 마을의 안녕을 위한 판놀음이 열렸다. 마을과 사당마을의 오래된 계약이었다. 사당마을을 인정받는 조건이기도 했다.

온 마을의 잔치는 길놀이부터 시작했다. 복색을 차려입은 풍물잽이들은 사물을 울리며 당산나무 큰 마당에 모였다. 등거리, 잠뱅이에 검정 더거리를 입고 허리에는 분홍과 노랑 색주를 띤 호화로운 차림이었다. 그리고 모두 쇠털벙거지를 썼으며 상쇠로 분한 아버지의 짙은 남색 띠 3개의 복색은 한결 색스러웠다. 기잡이와 땡각, 날라리들은 등거리, 잠뱅이에 꽃수건까지 두르고 분홍과 노랑의 색주로 한껏 멋을 부렸다. 양반 광대는 어땠던가, 얼굴은 비뚤어지고 언청이 탈에다 바지저고리, 거창한 두루마기 차림에다 머리엔 정자관, 지팡이와 부채까지 갖추었다. 그 우스꽝스러운 모습들이라니.

주엽이 약간의 기척을 부리며 삶의 의지를 보이기 시작한 것도 아버지의 세계였던 풍물놀이였다. 비밀한 곳에 숨겨 놓았던 자신의 치부가 주엽에게 요긴한 쓰임이 될 줄이야. 주엽을 위한 기대와 노력은 더 가속이 붙기 시작했다. 주엽의 깨어남은 미양이 살아내야 하는 간절한 이유이기도 했다.

"주엽이 이제 마음의 문이 조금씩 열리는 거 같아. 이젠 희망이 보여. 미음을 먹여 볼 참이야. 조짐이 좋아. 아직 판단하긴 섣부르지만 살아야겠다는 의지가 확실하게 느껴져. 고모 수녀님도 왔다 가셨어. 좋은 징후라고 기뻐하셨어. 미양이 애 많이 썼다. 모두가 네 힘이야. 오늘은 내가 널 기다렸다."

휴게실에는 윤희가 기다리고 있었다. 혹여 옆 사람이 듣기라도 할까 봐 윤희의 말은 나직나직 소리가 낮았다. 윤희가 넓은 유리 그릇에 더운 물을 부었다. 그러자 잔속에 천천히 꽃잎이 벌어지더니 꽃 한 송이가 환하게 피어났다. 하얀 목련이었다.

"광양에 계신 수녀님이 보내 주신 거야."

"어쩌면!"

미양은 우련하게 피어난 목련을 보며 입을 다물지 못했다.

"이 우아한 꽃을 미안해서 어떻게 목으로 넘기지? 어째 파렴치한으로 몰리는 기분이다."

"향이 은은해. 뜰에 있는 저 목련으로 차를 좀 만들어 볼까, 하다가 일 년 동안 봄을 기다린 꽃송이들에게 잔인한 짓 같아 생각을 내려놓았어. 그래, 너 말 수긍 된다. 파렴치한 같다는."

미양은 차마 입 속으로 삼키지 못하고 코앞에서 향만 취했다. 음전한 향이 코끝을 스쳤다. 조용조용 소리 없이 존재하는 마리아 수녀의 체취 같았다.

"사실, 얼마 전 화란과 통화했어."

아, 그 이야기였구나, 미양은 윤희가 따라주는 찻잔에 코를 빠뜨린 채로 윤희의 다음 말을 기다렸다.

"너랑 통화했다면서, 그리고 이곳을 찾기 위해 강화도를 다 휘젓고 다녔다고 하더구나. 물론 인터넷 검색이었겠지. 그래서 미양에게 물어보면 쉬울 것을 했더니 미양인 아예 제 전화를 안 받는다고 그러더라. 그랬니?"

미양은 그냥 고개만 끄덕였다.

"지금에야 아무 소용없는 얘기들이지만 그래도 자신이 토해내야만 살 것 같다 하니 가만 들어 주었어. 그래야겠지. 곪아 터진 속에 것들을 게워 내야 새 살이 돋아 나겠거니, 하고 싶은 말 실컷 해 보라고 했어. 이틀 동안 내 귀를 붙잡고 있더구나. 속이 시원하니, 하고 물었더니 살 것 같다고 말하더라. 그러면 되었어. 인연이 아닌 사람, 더구나 이 세상 싫다 떠난 이름에 얽매이지 말고 남은 삶은 홀가분하게 살아라, 고 말해 주었어."

윤희는 잔 끝에 입을 대고 한 모금 혀끝으로 음미했다. 그렇게 맘을 추스른 윤희가 다시 말을 이었다.

"화란이 용서해 달라고 하더구나. 사실 나도 화란에게 용서를 구했어. 오빠 대신에. 우린 그렇게 용서를 주고받으면서 남은 삶을 제대로 살아내자고 했어. 이제 화란은 제 마음에 쟁여 두었던 것들을 많이 덜어내었을 거야. 가벼운 맘으로 잘 살아낼 테지. 우린 자신을 위해서 함부로 사용할 수 없는 용서라는 말까지 주고받았으니까."

미양은 윤희의 얼굴을 맞바라보았다. 아무런 갈등도 없는, 윤희의 그 편안한 표정에 설핏 웃음이 매달렸다. 바보 같이.

윤희가 유년에 잘 쓰던 말이었다. 바보 같이, 그 말을 돌려주고 싶었지만 침을 삼키 듯 눌러 참았다. 세월이 절대 먹고 놀기만 하는 건달이 아니라던 윤후의 말을 떠올렸다. 흔히들 세월만큼 홀륭한 처방전이 없을 거라는, 그게 터무니없는 말이 아니라는 것도 이해할 것 같았다. 윤후가 이 세상에 없다는 사실에 절대 살아낼 수 없을 것 같았던 그 절망은 엄살이었던 겔까, 미양은 윤후가 없어도 밥을 먹고, 윤후가 없는 일상에서 가끔은 소리내어 웃기도 하는 자신에 치를 떨곤 했다. 그러면서 내일을 염려하기도 하는 마음이 가증스럽기도 했다.

미양은 찻잔을 입에 대고 천천히 음미했다. 어떻게 꽃송이를 우려먹을 수 있을까, 그런 생각도 잠시였다. 창가에 바람이 덜컹거렸다. 그 창을 바라보며 아직도 내밀한 어느 곳에 숨어 기생하는 통증이 기척을 부렸다.

저놈의 바람. 미양은 하마터면 그 말을 뱉어낼 뻔했다.

저수지 밤을 할퀴던 바람이 선연하게 떠올랐다. 모든 불행의 주모자인 듯 그 바람에 적대감이 일었다. 그날 밤, 열하루 맥없는 달이 바람을 피해 산 밑으로 숨어 내리자 윤후는 사당마을을 버리고 돌아섰다. 그의 셔츠 자락에 바람 한 줄기 매달렸다. 그의 모습이 사라진 후 미양은 그때에야 맘 놓고 울 수가 있었다. 그 모습이 미양이 이 세상에서 본 마지막 윤후였다. 그때처럼 눈물이 흘렀다. 꽃 지고 난 자리에 돋아난 싱싱한 목련의 초록 잎을 바라보았다. 윤희는 미양의 손을 잡고 있었다.

"그때 말이다, 오빠가 그렇게 결혼을 받아들였을 때 너 힘들었다는 거 알아. 바보 같이, 그때 왜 분연히 일어서지 못했을까, 오빠의 그 결혼을 말리지 못했을까, 바보같이 말이다."

마리아 수녀의 말은 덤덤했다. 옛날의 고통은 전혀 묻어나지 않았다. 그러나 미양은 바람머리를 앓는 듯, 통증이 일었다. 마음속에서 그 부분을 도려내 버리면 금방이라도 빈 포대자루처럼 풀썩 무너질 것 같아 내치지 못해 품고 살았던 상흔이었다.

"이제 좀 괜찮아졌지? 시간이란 때로는 우리에게 아픔도 주고, 소중한 것들을 뺏어가기도 하지만 횡포만 부리는 게 아닌 거 같아. 오빠가 그렇게 갔을 때 우리 가족들은 어떠했겠니. 깊은 절망에 도저히 살아낼 수 없을 것 같았어. 그런데 이렇게 살아가고 있는 거 봐. 하느님은 우리에게 잊을 수 있는 넉넉한 시간까지 주셨어. 살아내는 힘도 주셨고. 엄마는 지금 그것들을 거부한 탓으로 저렇게 누워 계시는지 몰라. 잊을 건 잊어야 해. 그것 또한 하느님의 은총이니까."

"오빠 엽서 받았어."

"알아. 오빠를 발리에서 두 번 만났어."

"언제? 어떻게 지낸 거 다 알겠구나."

"알지. 오빠에게 다 들었어. 생정 마을에서 지낸 이야기도. 결혼식장에 나타나지 않고 그곳으로 갔다고 했어. 그곳에서 널 생각했다고 하더라. 너의 엄마 이야기도 했어. 엄마는 널 알고 있었다고 하시더란다. 많이 우셨다고 하더구나. 그곳에서 너랑 살고 싶었대. 넌 학교에 있었고, 네게 그래선 도저히 안 될 거 같아서 하느님을 선택했다고 하더라. 가까운 데 있으면 너가 힘들까봐 외국 선교를 자원했단다.”

“어떻게 지내고 있었어?”

“지금 와서 그걸 알아 무엇하겠냐만, 오빠가 원하는 삶이었으니까. 죽도록 노동을 하는 모양이 마치 포로수용소 생활 같았어. 자신을 잘 견뎌내기 위한 방법이었겠지.”

미양은 윤희 앞에서 제 속을 눈물로 게워 냈다. 여태껏 맘 언저리에 얹혀 있던 묵은 것들을 내려놓고 나니 마음의 어깨도 가벼워진 것 같았다.

전등사의 가을

　화란의 전화를 거부한 제법의 날들이 달아났다. 계절은 이미 가을로 접어들었고, 차츰 그녀를 잊어갈 즈음이었다.

　그간 주엽의 상태는 빠른 호전을 보였다. 링거를 빼고 미음을 먹다가 이젠 죽을 먹기 시작했다. 무엇보다 미양을 알아보았다. 아주 오래전부터 친밀했던 사이였듯 미양을 대하는 표정이 깊었고 다정도 했다. 문을 열고 들어서면 이미 주엽의 얼굴은 문 쪽으로 돌아누워 있었다. 벙글은 웃음과 함께 미처 숨기지 못한 반가움과 기다림이 저 먼저 문고리 앞으로 달려왔다. 아직 말문은 열지 못했다. 못하는 게 아니라 하고 싶지 않을 뿐이라는 의사의 소견도 있었다. 주엽이 가장 행복해 할 적은 음악을 들을 때였다. 피아노 음악을 즐겨 들었다. 주엽이 눈을 감고 있을 때 수없이 들려주었던 막심 므라비차 연주였다. 그중, 영화 〈사랑의 은하수〉 주제 음악은 자주 청했다. 안온함을 마음 깊이에 실어다 주는 그 음

악은 뭐랄까, 마치 뭉게구름 이는 하늘을 둥실 떠다니는 느낌이
라는 게 맞을 게다. 사랑하는 사람이 있는 곳, 아니면 행복했던 한
시절을 향해 서두르지 않고 돌아가는…… 주엽과 미양은 막심의
선율을 타고 누군가가 기다리고 있는 곳을 향해 함께 흘러가는 중
이었다. 서두를 필요가 없는, 설레는 가슴의 흐름이었다. 꼭 잡은
두 손이 함께 가는 곳은 믿음을 살아내는 마을이었다. 어떠한 경
우에라도 변질되지 않는 사랑이 숨을 쉬는 곳, 그것들의 고향으로
아주 천천한 걸음을 옮기는 중이었다. 그래 믿음이었다. 모든 것
은 믿음이 이끌어 주었고 또한 그 믿음이 있어 보람의 꽃을 아름
답게 피어낼 수 있었다.

국악, 풍물놀이 녹취는 이제 거두어들였다. 이전의 주엽으로 돌
아가고 있었다. 주엽은 예전에 자신이 연주했던 피아노곡도 선호
했다. 쇼팽과 리스트였다. 특히 리스트 〈위로 3번〉의 연주에는
자주 눈시울을 적셔 냈다. 미양은 거의 날마다 주엽이 있는 요양
원을 찾았다. 주엽이 그곳에 있기 때문이었다. 주엽은 이제 미양
의 중요한 삶의 끈이었다. 미양의 위로였고 삶의 주제였으며 하루
하루 회복의 모습이 미양의 숨을 옳게 쉬게 했다.

주엽은 미양의 이야기를 즐겨 들었다. 특히 이웃 사람들의 사소
한 이야기나 강아지, 토끼, 고양이들 이야기에 온 귀를 모았다. 어
떤 때는 이웃의 바보 아저씨나, 심술 아주머니라든지, 그들의 우
스꽝스러운 행보에는 입을 벌려 웃기도 했다. 그 아이가 말문을

트면 많은 이야기로 끝이 없을 것 같았다. 주엽과의 시간은 푸네기 이상의 끈끈한 무엇이었다. 손을 자유롭게 움직이는가 하면 무엇보담 자주 웃는 게 맘에 들었다. 눈앞에 놓인 희망의 사실적인 증거였다. 손에 잡히고 눈에 보이는 희망이 너무 감사해서 주엽을 안고 기도했다.

미양은 주엽의 방을 나와 윤희 엄마를 찾았다. 머리맡에는 윤희가 둔 무명 보자기가 놓여 있었다. 세상 떠날 때 꼭 입혀 드릴 거라 약속한 속옷이었다. 마른 가지처럼 앙상한 두 손을 모아 이불 바깥에 올려 두고 더 살펴 줄 일이 없나, 두리번거리다가 휴게실로 향했다. 바다가 훤히 보이는 창가에서 모니카와 차 한 잔으로 마주 앉았다.

그때 휴게실 문이 열리고 마리아 수녀가 들어섰다. 선글라스를 쓴 여자의 손을 잡고 있었다. 두 사람이 미양이 앉은 자리로 걸어왔다.

"미양이야."

마리아 수녀가 선글라스의 여자에게 소개를 했다. 아무 말도 없이 윤희 손에 잡혀 들어선 여자가 말했다.

"나 알아 볼 수 있어?"

멍히 쳐다보는 미양의 의식을 깨운 목소리, 화란이었다. 아주 어렸을 적의 흔적을 버리지 않은 화란의 목소리임에 틀림없었다. 미양은 반사작용이듯 얼른 자리에서 일어났다. 그렇지만 덥석 화

란의 손을 잡지 못했다. 윤희는 물끄러미 두 사람의 만남을 지켜
보기만 했다.

"미양아, 나 노화란이야."

처음 전화를 했을 때 자신을 소개하던 말투였다.

"놀랐지? 나 또한 놀라웠어. 상상도 못했던 일이었으니까."

의자를 당겨 화란을 앉히며 윤희가 말했다. 모니카는 슬며시 자
리를 비켜 갔고 둥근 탁자를 앞에 두고 세 사람은 마주 앉았다. 몸
이 자유롭지 못해 윤희의 도움을 받고 있다고 생각한 건 오해였
다. 화란의 불편한 거동이 시각장애 탓이라는 건 곧 알게 되었다.
모니카가 가져다 준 녹차 컵을 잡기 위해 화란의 두 손이 탁자 위
를 더듬었다. 윤희는 얼른 컵을 잡아 화란의 손에 쥐어 주었다. 해
머로 한 대 맞은 듯 피뜩 먹먹해졌다. 몸의 중요한 일부를 잃었다
는 화란의 말이 떠올랐다. 뇌졸중의 후유증인 신체 일부의 마비이
겠거니 그 흔한 짐작만 했다. 눈을 잃은 화란은 전혀 상상 밖의 충
격이었다. 미양의 몸 중심부를 예리한 빛 한줄기가 관통했다. 뇌
성번개가 찌르고 지나는 듯한 고통이었다. 무의식적으로 가슴을
움켜쥐었다. 어쩌다가, 어쩌다가! 미양의 충격이 전해진 것일까,
눈먼 화란이 말문을 먼저 열었다. 잘못을 저지른 아이가 자신을
변명하듯 제 상황을 설명하고 나섰다. 전화 속 목소리가 이제야
흔적을 드러내는 듯했다. 사실 그녀의 목소리도 부지런히 나이 먹
어가는 중이었다.

"눈 중풍을 맞았어."

눈이라면 망막혈관폐쇄증이다. 혈전이 망막혈관을 막아 발생하는 눈의 중풍이다.

"동맥이 막혔었구나."

"그래 동맥이야. 동맥이기에 이 지경까지 이른 거야."

"나한테는 그런 말을 하지 않았잖아. 몸의 일부가 마비되어 재활치료를 하고 있거니 그렇게만 짐작했어."

"말할 참이었어. 그런데 네가 전화를 안 받겠지."

몇 번 국제전화 문자 표시를 보았지만 폴더를 열지 않았다. 눈을 잃었다니. 미양의 가슴은 화란이 보지 못하는 세상처럼 암암해졌다.

녹차 한 잔을 다 마실 때까지 세 사람은 아무 말도 하지 못했다. 답답한 마음만 찻잔을 기웃거리며 시간을 버티어 내고 있을 뿐이었다.

"남편이랑 같이 왔어. 렌트한 자동차에 문제가 생겨 카센터에 잠깐 갔거든. 곧 올 거야."

화란이 탁자 위의 빈 컵을 입으로 갖다 댔다. 그 모습을 본 건너편의 모니카가 얼른 녹차 한 잔을 다시 갖고 왔다.

"윤희 어머님이 살아 계신다고 해서 서둘렀어. 다시는 못 올 땅인 줄 알았는데 나를 여기까지 올 수 있게 한 분이 어머님이셨어. 돌아가시기 전에 꼭 한 번 찾아뵈야 할 것 같았어. 그 마음이 늘 견딜 수 없게 했고 부랴부랴 비행기를 타게 되었지. 꼭 그래야만 할 것 같았어. 그렇지 않으면 내 남은 세상을 제대로 살아낼 수가 없을 것 같았어. 내가 제대로 살아내기 위해 귀국한 셈이니 지금도 이렇게 나를 위하는 맘이 우선이네."

초점을 잃었을 화란의 눈은 여전히 색안경 속에 감추어져 있었다. 검정의 유리는 화란의 모든 것을 차단하고 더 이상의 범접을 금하는 경고 같았다. 그 유리 속에 화란은 깊이 은둔하고 있었다.

윤희의 얼굴에는 아무런 동요가 없었다. 그저 여느 일상처럼 고요한 표정이었다. 미양 자신만이 당황스런 현장이 버거워 조바심을 치고 있을 뿐이었다.

"닷새쯤 머물다가 일본으로 건너가 일주일, 그러다가 돌아갈 거야. 미양아 그간 한 번 만날 수 있을까, 오늘은 어머님을 뵙고 모레쯤?"

미양은 고개를 끄떡였다. 그러다 얼른 화란의 손을 잡아 대답을 대신했다. 화란이 자리에서 일어났다. 미양과 윤희는 화란을 부축하여 엄마의 병실 쪽으로 걸음을 옮겨 갔다. 천천히, 아주 천천히 화란의 걸음에 보조를 맞추며 함께 안으로 들어갔다.

손님의 방문을 알아보지 못하기는 윤희 엄마도 마찬가지였다. 시선으로 서로를 확인하지 못하는 만남이 이루어지고 있었다. 무거운 침묵을 깬 건 미양이었다.

"어머님, 화란이 왔어요. 멀리 미국에서 어머님 뵈려구요."

미양이 두 사람의 손을 잡아 한데 모아 주었다. 그때에야 화란이 말문을 열었다. 선글라스 사이로 떨어지는 눈물과 함께.

"어머니, 저 화란입니다."

그 말을 침대 머리맡에 얹어두곤 화란은 손수건을 꺼내어 선글라스 속으로 밀어넣었다. 아무 말도 하지 않았다. 하지 않은 게 아니라 하지 못했다는 게 맞을지 몰랐다. 어떠한 내용이든 그 시간에 소용이 될 수 있는 말이 없다는 걸 모두 알고 있었다. 화란은 가만 손을 잡은 채 나머지 한 쪽 손으로 눈가만 훔쳐 나갔다. 한참을 그렇게 있었다. 말없음 속에 어쩌면 더 많은 말들이 오갔는지도 몰랐다. 다만 소리를 얻어내지 못한 말이었을 뿐.

"어머니 저, 용서해주세요."

화란의 두 번째 말이었다. 그렇게 앉아 있다가 일어섰다. 화란은 자동차를 수리하고 돌아온 제 남편의 부축을 받으며 천천히 걸어갔다. 내일모레 꼭 만나자는 약속을 남겨 둔 채.

전등사 앞마당에는 이미 줄 고사가 끝난 후였다. 잽이와 매호씨, 어름사니가 배례한 후 올렸던 술을 양쪽 기둥과 줄에, 그리고 줄의 한복판 아래에 조금씩 뿌렸다. 그런 후 장삼과 고깔을 쓴 어름사니가 줄의 동편에서 오르기 시작했다. 그러자 잽이들의 염불 장단이 울렸다. 중놀이가 시작된 것이다.

강원도 금강산 일만 이천 봉
어느 암자 절에서 내려온
중이 하나 있는데
중타령을 한 번 하는데
이리 한 번 하는 거렸다.
중 하나 내려온다.
중이 하나 내려온다.
저 중에 거동 보소
얽었단 말도 빈말이오
검단 말도 빈말이오
저 중에 거동 보소
다홍띠 눌러 띠고
백팔염주 목에 걸고
단주는 팔에 걸고
구절죽장 손에 짚고
흐늘거리며 내려온다.

　중타령을 하며 줄 위를 걷던 어름사니 정호가 줄 한가운데 앉으며 또 재담을 시작했다. 흰 버선에 쥘부채를 쥔 정호였다.

　이 중의 거동 좀 보소, 장삼을 훌훌 벗어 이리 뛰고 저리 뛰고
　이리 보고 저리 보고 뭣을 했으면 적합할까.
　갈기갈기 주름잡아 마누라 치마감이 적합할세,

치마감 사가시오
고깔을 집어 들고 보니 무엇을 했으면 적합할까,
이리 보고 저리 보니 콩 시루가 적합하구나,
아서라 이것도 쓸 곳 없다.
재 삼태미가 분명하구나……

중 복색이던 정호는 이것저것 다 벗어던지고 전복 차림의 남장 여인이 되어 있었다. 정호가 던진 띠를 사는 시늉처럼 받은 매호 씨는 그것을 구경꾼 쪽으로 던졌다. 연이어 훨훨 벗어버린 장삼, 고깔까지 받아 또 던지고 있었다. 그리곤 매호 씨와 질펀한 재담을 주고받았다.

망했구나, 망했구나,
빈대 한 마리 안 남것구나.
그러나 저 놈의 근본을 이를 것 같으면
살기로는 댓골 막바지 살고,
먹기로는 열여섯을 먹었는데
사내도 아닌 계집으로서 어름판에 올라왔는데
담덕하게 조고마한 놈이 뭘 할려고 올라왔는지
한 번 내가 볼 것이오.
아 이 새끼 중아 네가 여길 올라 올 적에는
여기서 재주를 부려 볼려고 올라왔것지?

매호 씨의 재담을 다시 받아치고 염불장단으로 어름사니는 줄 한허리를 향해 걸었다. 줄 위에 오른 정호는 뭘 그리도 말이 많은지, 그의 재담이 그렇게 유창할 수가 없었다. 쟁명한 가을 하늘이, 쨍 하고 찢어지고도 남을 소리였다. 타령장단으로 장단 줄을 건너가고 장단의 힘으로 거미줄을 늘이기를 하는가 하면 뒤통수에도 눈이 달렸다는 너스레를 늘어놓으며 뒷걸음질을 잘도 했다. 정호의 줄타기 기예는 끝이 없었다. 잽이들의 굿거리장단으로 참봉댁 맏아들이 벼 백석을 싣고 탕관 사러 갔는데 붙으러 나간 과거에는 뇌물이 부족하여 급살탕국을 먹고 오관수통 기생 하나 꿰차고 와 머리를 올렸는데 그것도 감투라는 넉살을 늘어놓으며 참봉댁 맏아들 거동을 했다. 끝이 날 것 같지 않았다, 정호의 재담과 줄타기는.

　미양이 정호의 줄을 피해 살아오는 동안 오기로 익혔던 겔까, 아버지가 이 세상으로 다시 돌아온 듯 기함을 할 판이었다. 돌아섰다고 하여 잊혀진 게 아니었다. 눈을 감았다고 하여 사라진 것도 아니었다. 타령장단으로 줄을 타는 억석에미 화장사위며, 구성지게 뽑아내는 오봉산 타령, 그러다간 풍년가를 풀어냈다. 허궁잽이 줄을 탈 때는 아버지마냥, 장히 어렵겠다는 엄부럭을 떨어댔다. 아버지였다. 아버지가 줄 위에서 가세트림을, 쌍허궁잽이로 줄을 타고 있었다.

　이놈! 길군악을 몹시 치렷다!

갑자기 정호의 호령이 벼락같이 떨어졌다. 정호의 호령에 앉았던 잽이들이 모두 일어나 줄 밑을 돌며 길군악을 울렸다. 가락에 맞추어 신명난 춤을 추기 시작했다. 어름사니 박, 정호의 걸음걸이가 어떻게나 도도하던지.

줄을 타는 거 보다 아니리 외우는 게 훨씬 어려워.

아니리를 외우지 못하는, 그래서 아버지의 호통을 늘 받아내야만 했던 정호였다. 그런 그를 대신해 미양이 줄줄 외우고 있을 양이면 정호는 언죽번죽, 뻔뻔한 제 속을 그렇게 게워내곤 했다. 윌총이 부실하던 정호는 어디로 달아난 젤까, 길고도 많은 아니리를 언제 제 머릿속에다 비벼 쑤셔 넣었는지, 길군악 장단에 녹두장군 행차로 줄을 타는 정호를 멍히 바라만 보고 있었다.

"아줌마, 아저씨 넘 멋져요."

정신을 차려보니 미양은 주엽이 앉은 휠체어를 두 손으로 꼭 쥐고 있는 중이었다. 넋을 잃은 듯한 주엽, 그 여린 손이 작수목을 타고 미끄러지듯 내려오는 정호를 가리키고 있었다. 주엽 주위에 어름사니 정호를 바라보는 얼굴들이 차례로 눈에 들어 왔다.

회색 입성차림인 마리아 수녀, 검정 선글라스의 화란, 그 옆에 카키색 점퍼차림인 화란의 남편, 그리고 주엽이었다. 화란의 남편은 아직도 어름사니 거동을 열심히 설명 중이었다. 고개를 끄덕이며 웃는 화란의 모습이 들어왔다. 마리아 수녀와 모니카는 작수목

사잇줄을 타고 내리는 정호를 바라보고 있었다. 모두들 정신이 달아난 표정이었다.

주엽이 미양의 손을 꼭 잡았다. 어디선가 날아든 가을바람이 주엽의 머리카락을 건드리며 지나갔다. 그 바람이 화란의 인디언 핑크 원피스 자락에 붙었다간 마리아 수녀 곁으로 달려가는 중이었다.

그때 오른 손에 부채를 쥔 정호가 승복차림으로 다가왔다. 주엽이 먼저 손을 흔들며 내밀자 정호는 무릎까지 꿇었다. 주엽의 눈높이에 몸을 맞춘 정호는 정중하게 악수를 청했다. 투박한 정호의 손에 잡힌 주엽의 창백한 손이 바람이듯 꼼지락거렸다. 정호는 호탕한 웃음으로 잡은 손을 크게 흔들었다.

"아저씨, 저도 줄 타고 싶어요. 가르쳐 주시면 안 되나요?"

주엽이 환한 웃음살을 퍼뜨리며 정호에게 어리광부리듯 말했다.

"안 되긴요, 가르쳐 드리고 말고요. 제가 아주 특별히 전수해 드리겠습니다."

정호는 주엽을 가만 안으며 약속의 표시로 등을 두드려 주었다. 그리고는 마리아 수녀 앞으로 걸어갔다.

"오랜만입니다."

윤희가 환한 웃음으로 정호의 손을 먼저 잡았다.

"네, 이제 우리 모두 늙어 버렸네요. 세월이 심술부리고 간 흔적밖에 아무것도 남아있는 게 없는 신세가 되었네요."

"그거라도 남겨두고 갔으니 고마운 세월이죠."

마리아 수녀의 환히 웃는 얼굴, 입가에 덧니 하나가 살짝, 저 먼 저 얼굴을 내밀었다. 정호는 마리아 수녀 곁을 지나 화란의 휠체어 앞으로 걸어갔다.

저 아시겠느냐고 정호가 묻자, 그럼요, 다람쥐 아저씨를 제가 왜 모르겠냐구요, 화란의 말에 모두 웃음을 터뜨리고 말았다.

"저의 집에 초청하고 싶은데 언제 출국하시나요?"

"이번에는 시간이 여의치 않고 내년 봄에 또 귀국할 예정입니다. 그때는 꼭 미양이네 집에서 몇 밤 신세를 지겠다"고 말했다.

화란의 말에 정호는 그럼요, 정말 그래주시면 제가 성의를 다해 모시겠노라는 답을 했다. 정호는 주엽의 휠체어 앞으로 다시 돌아왔다. 주엽의 손을 꼭 쥐고는 마당에 설치되어 있는 삼줄에 대한 설명을 했다. 얼마 전 왔다간 손주들이 쓰던 땅 줄이 그대로 묻혀 있으니 내일부터라도 줄타기 전수는 시작할 수 있다는 말을 했다. 그리고는 자신이 쓰고 있던 초립을 벗어 주엽의 머리에 씌워 주었다. 선물이라며.

주엽의 얼굴이 노을을 준비하는 해님처럼 발갛게 피어났다. 머리에는 오동빛 무늬가 박힌 꿩의 깃털이 바람에 살랑, 몸을 뒤척였다. 헐렁한 모자를 꼭 잡고 앉아있던 주엽의 손 하나가 대웅보전 처마 밑을 가리켰다.

"아, 발가벗은 아줌마!"

주엽이 입까지 헤 벌리고 올려다보고 있었다.

"아, 정말 발가벗었네요."

주엽의 손가락 끝에는 업을 안고 쭈그린 여자가 걸려 있었다. 고개를 돌려 주엽이 가리키는 처마 밑을 바라보았다. 처음으로 사심없이 바라본 나부였다. 도편수의 품삯을 쥐고 도망간 여자는 네 개의 지붕 끝을 그렇게 받치고 있었다. 단지 그것뿐이었다. 그 여자의 업일 뿐이었다. 참 오랜만의 편안한 시선이었다. 주엽은 거두어들인 손가락을 휠체어 바퀴에 얹었다. 아무 일도 없었다는 듯이.

주엽의 휠체어를 받아 잡은 마리아 수녀는 미양에게 조그마한 쪽지를 건네주었다.

"오빠가 살던 발리 주소야. 이곳에 가서 이름을 찾으면 오빠가 네게 남긴 몇 가지 흔적을 받을 수 있을 거야. 시간 나면 언제든 찾아가 봐. 그곳에서 직접 알아보렴. 오빠가 어떻게 살았는지."

미양은 윤희가 건네는 쪽지를 받아 쥐었다. 젊은 날 깊은 곳에 감추어 두었던 희망이었다. 희망으로 건뎠던, 미양의 비밀이 기웃거리던 쪽지였다. 한 세월을, 아니 한 살매 모두를 걸어두었던, 그래서 살아낼 수 있었던 흔적이기도 했다. 손 안으로 윤후의 가만한 마음이 전해져 왔다. 미양은 움켜쥔 쪽지를 가방 깊숙이에 넣었다.

전등사 경내를 빠져나가기 위해 모두들 등을 돌렸다.

머리를 다 말아 숨긴 윤희의 회색 수건이 바람에 나부꼈다. 화란의 긴 파마머리도 함께 흔들렸다. 부옇게 흐려 오는 미양의 시야 속으로 두 사람의 등이 잠기고 있었다. 모두들 멀어지고 있었다. 텅 빈 길 하나만 남고 말았다. 그 길 위로 어디에서 온 걸까, 바람 한 줄기 달려왔다. 노란 나뭇잎 몇도 함께 뒹굴었다. 바람은 잘 빗질 된 전등사 흙길 위의 낙엽들과 노닥거리고 있었다. 모두의 모습이 사라지고 만 전등사 너른 마당, 미양은 마음 놓고 대웅보전을 향해 고개를 돌렸다. 여전히 몸을 움츠린 나부가 처마를 받치고 있었다. 도편수의 가방으로 줄행랑을 쳤던 나부, 그 업을 견뎌내었던, 또다시 견뎌내야 할 숱한 세월이 그녀의 발가벗은 몸에 실려 있었다. 단지, 그녀의 몫일뿐인 업이었다. 돌아서던 걸음을 멈추었다.

　'나는 당신의 사랑을 존중해. 수많은 말들이 당신을 비난할지라도 당신의 행위는 위대했어. 사랑이니까. 이 말을 대체할 어떤 것도 이 세상 어디에 존재하지 않아. 억만 겁 세월이 흐르고 또 흘러도 결코 변질될 수 없는 건 사랑이란 말뿐이야. 당신의 도피로 일구어낸 사랑은 어떤 무엇으로도 환산할 수 없는 가치를 지닌 고가 상품이었어. 억울하단 생각도 말아. 당신은 이미 값진 사랑으로 보상받은 셈이니까. 남은 세월 또한 당신이 선택한 그 사랑으로 잘 견뎌 내길.'

나부에게 응원하고 싶었던 메시지였다. 전등사 대웅보전, 일곱의 계단 끝에 그 말을 남겨두고 미양은 천천히 등을 돌렸다.

어휘 풀이

ㄱ

가들막하다: 거의 가득하다.

가푸르다: 몹시 숨차고 초조하다.

가풀막: 가파르게 비탈진 곳.

거늑하다: 넉넉하여 마음이 흐뭇하다.

거들뜨다: 눈을 위로 치켜뜨다.

거령맞다: 조촐하지 못하여 어울리지 않다.

거머채다: 힘있게 잡아채다.

거시시하다: 눈이 맑지 않고 침침하다.

건혼: 놀라지 않을 일에 놀라 혼이 나다.

검숭하다: 좀 거무스름하다.

구년묵이: 여러 해 동안 묵은 물건.

구눌하다: 어눌하다.

구석바치: 집안에만 들어박혀 있는 사람.

궁따다: 시치미를 떼고 딴소리하다.

궁싯거리다: 어찌할 바를 몰라서 이리저리 머뭇거리다.

근터구: 근거나 구실.

꽃빛발: 꽃빛깔의 기운.

끄먹끄먹하다: 희미한 불빛이 꺼질 듯 말듯한 모양.

끄잡다: 끌어 잡다.

끝손톱: 손톱의 끄트머리.

ㄴ

나잇갓수: 생물이 살아 있는 연한. 수명(壽命).

낡삭다: 오래 되어 헐고 썩다.

내림바탕: 유전자.

노맞다: 함부로 맞다(지방말).

눈돌림질: 짐짓 아닌 체하며 딴전을 부리는 일.

눈심지를 돋우다: 무엇을 똑똑히 알아보거나 찾아내려고 눈을 밝히다.

눈씨: 쏘아보는 시선의 힘.

눈자리가 나게 쏘아보다: 뚫어지게 바라보다.

ㄷ

담배쉼: 담배를 피우기 위해 쉬는 쉼.

덧게비: 다른 것 위에 다시 덧엎어 대는 짓.

도편수: 집을 지을 때 책임을 지고 지휘하는 우두머리 목수.

되숭대숭: 말과 짓을 함부로 하는 모양.

된경: 되게 혼나는 것.

된정나다: 염증이 나다.

두수: 이렇게도 하고 저렇게도 할 수 있는 두 가지 방도.

두손매무리: 함부로 아무렇게나 거칠게 일을 얼버무림.

뒤뿔치기: 자립하는 능력이 없어 남의 밑에서 일을 거두며 고생하는 일.

들놀다: 들썩거리며 이리저리 흔들리다.

들몰: 들이 끝나는 곳.

들붐비다: 몹시 붐비다.

들붙다: 끈덕지게 붙다.

들이떨다: 계속해서 몹시 떨다.

떠죽거리다: 젠체하여 자꾸 지껄여대다.

ㅁ

마안하다: 끝이 없기 아득하게 멀다.

마슬러보다: 짯짯이 훑어보다.

마을들이: 이집 저집으로 마을을 도는 일.

마음고름: 마음속을 드러내지 않으려고 단단하게 해둔 다짐.

마음씨갈: 마음을 쓰는 태도나 바탕.

마음자리: 마음의 바탕.

마침가락: 공교롭게 일이나 물건이 딱 들어맞는 일.

만열: 아주 만족스럽게 기뻐함.

말갈망: 말의 뒷수습.

말꼭지를 떼다: 첫마디의 말을 시작하다.

말마투리: 말을 다 하지 않고 남긴 여운.

말버슴새: 말의 거조.

말보: 노상 이야깃거리가 많은 사람을 놀리는 말.

말이 굳다: 어눌하다.

말재기: 쓸데없는 말을 수다스럽게 꾸며내는 사람.

말타박: 말을 핀잔하는 일.

맞은바라기: 앞으로 마주 바라보이는 곳.

먹꾼: 이야기를 듣는 사람.

먼발치기: 조금 멀찍이 떨어져 있는 거리.

멈씰하다: 기가 죽어서 움츠리다.

멈칫체: 잠깐 멈추는 체함.

메숲지다: 산에 나무가 울창하다.

면치레: 겉으로만 꾸며 체면을 세움.

모다깃매: 모둠매, 뭇매.

모듬살이: 사회생활.

모지락스럽다: 억세고 아주 모질다.

모투저기다: 물건이나 돈을 아껴 조금씩 모아두다.

몸밑천: 가진 것이라고는 몸뿐인 무일푼인 사람.

몸바탕: 체질.

몰아치다: 일정한 곳을 향해 세게 몰다.

몽따다: 알고 있으면서 일부러 모른 체하다.

몽짜: 음흉하게 몽니를 부리는 것.

무너앉다: 무너지듯 주저앉다.

무럼생선: 해파리. 몸이 허약하거나 줏대 없는 사람을 얕잡아 이르는 말.

무륵하다: 매우 흔하고 많다.

ㅂ

바늘밥: 바느질할 때 더 쓸 수 없을 만큼 짧게 된 실 동강.

바닥나기: 토박이.

바람머리: 방안이나 골목 또는 후미진 골짜기 같은, 바람이 불어드는 목이나 쪽.

바람씨: 바람이 불어오는 모양.

발바투: 발 앞에 바싹.

발싸심: 몸을 비틀면서 부스대는 짓.

배꼽마당: 동네 한가운데 있는 마당.

번둥질: 번둥거리며 지내는 일.

병소: 몸 가운데 병이 있는 부분.

붙매이다: 어떤 일에 몸이 붙어 매이다.

비끌리다: 일이 비뚤어져 어긋나다.

비나리치다: 아첨하여 환심을 사다.

비머리하다: 온몸이 비에 흠뻑 젖다.

비바리치다: 구수한 말을 해가며 청하다.

비빌이: 가물 때에 비가 오기를 바라는 일.

비웃적거리다: 남을 비웃는 태도로 자꾸 빈정거리다.

비접: 앓는 사람이 딴 데로 옮겨 조용히 요양함.

빈탕: 실속이 없는 사물.

빗듣다: 무슨 말을 잘못 듣다.

빗뜨다: 눈망울을 바로 뜨지 않고 옆으로 굴려서 뜨다.

ㅅ

살매: 사람의 의지와 관계없이 초인간적인 위력에 의하여 지배된다고 생각되는 길흉화복.

살판: 남사당패에서, 땅재주 광대가 두 손으로 땅을 짚고 공중제비를 넘는 일.

살핏하다: 여위고 갸날프다.

새암바리: 샘이 많아서 매우 안달하는 성질이 있는 사람.

새줄랑이: 아주 소견 없이 방정맞고 경솔한 사람.

샘고: 샘의 근원.

샘바르다: 샘이 심하다.

생게망게하다: 언행이 터무니가 없어서 이해할 수가 없다.

생파같이: 뜻하지 않게 갑자기.

서리병아리: 이른 가을에 깬 병아리. 힘없이 추레한 사람의 비유.

석죽다: 기운이나 기세가 여지없이 꺾이다.

섞사귀다: 남들과 가깝게 사귀다.

셋갖춤: 저고리, 바지, 조끼를 다 갖춘 한 벌의 양복.

섬: 돌층계의 계단.

소금엣밥: 반찬이 소금만인 것처럼 변변치 못하게 차린 밥상.

소리맵씨: 음색.

소릿바람: 말소리의 기세.

소마소마: 겁이 나서 마음이 초조한 모양.

소소리: 허공에 높이 우뚝 솟은 모양.

소소리바람: 이른 봄에 살 속으로 기어드는 듯한 찬바람.

속궁글다: 속이 텅 비다.

속바람: 몸이 몹시 지친 때에 숨이 차서 고르게 쉬지 못하고 몸이 떨리는 현상.

손샅: 손가락 사이.

숨탄것: 모든 동물의 총칭.

슬까름: 놀림조로 대하는 말투나 행동.

승겁(이) 들다: 조금도 몸달아하는 기색이 없이 천연덕스럽다.

시시풍덩하다: 시시하고 실답지 않다.

쌍갈지다: 두 갈래로 갈라지다.

쌍클하다: 매우 못마땅하여 성난 빛이 있다.

썩삭다: 이가 벌레 먹어서 삭다.

썩정이: 속이 썩은 나무.

썰레놓다: 안 될 일이라도 될 수 있도록 마련하다.

ㅇ

아비딸: 아버지와 딸.

아스름하다: 지난 일의 생각이 희미하거나 먼 곳의 물건이 희미하게 보임.

악장을 치다: 악을 쓰며 싸우다.

악청: 악을 써서 내지르는 목청.

알음장: 넌지시 눈치로 알려 줌.

얀정없다: 남을 동정하는 마음이 조금도 없다.

애운하다: 섭섭하다.

애젖다: 애틋하다.

어기차다: 성질이 뜻을 굽히지 않고 매우 군세다.

어름사니: 남사당패에서 줄타기를 하는 광대.

어리마리: 정신이 흐릿한 모양.

어벌없다: 엄청나고 터무니없다.

어스레하다: 날이 조금 어둑하다.

어양쓰다: 떼쓰다.

어정잡이: 실속 없이 모양만 꾸미는 일.

어줍다: 언행이 둔해 보이고 시원스럽지 못하다.

어진혼이 나가다: 몹시 놀라 맑은 정신을 잃다.

억지다짐: 억지로 받는 다짐.

언가슴: 공연한 일을 가지고 썩이는 마음.

언걸: 남 때문에 당하는 괴로움이나 손해.

언죽번죽: 조금도 수줍거나 부끄러운 기색도 없이 비위가 좋은 모양.

엄부럭: 심술, 엄살을 떨다.

엄펑소니: 음흉스럽고 교활하게 남을 후리는 솜씨나 짓.

엉덩받이: 엉덩이를 걸치고 앉을 만한 자리.

엉세판: 몹시 가난하고 궁한 판.

엎쳐뵈다: 구차하게 남에게 머리를 숙여 굽신거리다.

에움: 갚음.

엔담: 사방으로 둘러쌓은 담.

여름지이: 농사.

여마리꾼: 몰래 사정을 염탐하는 사람.

여윈잠: 깊이 들지 않은 잠.

여흘여흘: 강물이나 개울의 물살이 빠르게 쫠쫠 흘러가는 모양.

연득없다: 갑자기 행동을 하는 모양이 있다.

연생이: 잔약하고 보잘것없는 사람.

염글리다: 일을 성취시키다.

엿살피다: 남이 모르게 가만히 살피다.

예제없다: 여기나 저기나 구별이 없다.

오리가리: 여러 갈래로 째진 모양.

오망자루: 볼품없이 조그마한 자루.

오무래미: 합죽한 입술로 늘 오물거리는 늙은이.

올골질: 남이 못되게 훼방을 놓는 일.

옴나위: 꼼짝할 수가 없다.

외쪽생각: 한쪽에서만 하는 생각.

왼고개를 젓다: 거절하다.

욀총: 글 따위를 잘 외워 기억하는 총기.

우련하다: 보일 듯 말 듯 희미하다.

울골질: 진저리가 나도록 위협하는 일.

울기: 얼굴에 불그레하게 오르는 열기.

울력걸음: 고갯길을 오르는 걸음새.

울력다짐: 여럿이 힘을 합여 그 기세로 일을 해치움.

울음빛: 금방 울 듯한 형상.

웃아귀: 엄지손가락과 둘째손가락의 뿌리가 서로 닿는 곳.

웅숭깊다: 물건이 되바라지지 않고 깊숙하다.

위불위없다: 틀림이나 의심이 없다.

위아래물지다: 나이나 계급의 차이로 서로 어울리지 못하다.

윗부리: 물건의 위쪽 부분.

위초리: 나뭇가지의 맨 끝에 있는 가는 가지.

유유하다: 마음이나 태도가 여유가 있고 한가하다.

유체스럽다: 뽐내기만 하고 온화한 태도가 없다.

융융거리다: 센바람이 나뭇가지에 등에 걸려 자꾸 소리가 나다.

으늑하다: 되바라지지 않고 깊고 안온하다.

을근거리다: 해치려거나 미워하는 마음으로 자꾸 으르다.

이렁성저렁성: 이런 것도 같고 저런 것도 같이 대중없이.

일매지다: 모두 다 고르고 가지런하다.

임: 머리 위에 인 물건, 또는 머리에 일 정도의 짐.

ㅈ

잔달음: 발을 좁게 잇달아 놓으면서 바삐 뛰는 걸음.

잔망: 얄밉도록 맹랑함. 잔망을 부리다.

잔물잔물: 눈가나 살가죽이 짓무른 모양.

잡조이하다: 감추다.

장난살: 장난기가 많은 기미.

재주롭다: 재주있음이 인정될만하다.

재주비김: 재주를 서로 견주어보는 일.

쟁명하다: 날씨가 맑게 개어있다.

저뭇하다: 날이 저물어 어스레하다.

조짐머리: 일의 낌새. 여자의 머리털을 소라딱지 비슷하게 틀어 만든 머리.

쟁명하다: 날씨가 맑게 개어 있다.

좀상좀상하다: 여럿이 모두 좀스럽다.

죄어치다: 어떤 일을 바짝 죄어 몰아치다.

주눅바치: 주눅을 잘 타는 사람.

주먹곤죽: 주먹에 몹시 맞아 맥을 못 쓰는 상태.

줄느런하다: 한 줄로 쭉 벌려 있다.

쥐부스럼: 머리에 툭툭 불거지는 부스럼.

쥘부채: 접었다 폈다 하게 된 부채.

지위(가)지다: 병으로 쇠약해지다.

진잎: 푸성귀 잎의 날것.

쥐코밥상: 아주 간단히 차린 밥상.

징거매다: 옷이 헤지지 않게 대강대강 꿰매다.

ㅊ

참독하다: 참혹하기 이를 데 없다.

총총걸음: 발을 자주 떼어 놓으며 서둘러 급히 걷는 걸음.

치룽구니: 어리석어서 쓸모없는 사람.

ㅌ

트레바리: 까닭 없이 남의 말에 반대하기를 좋아하는 사람.

트집바탈: 무엇이고 트집만 부리는 사람.

ㅍ

파임내다: 일치된 의논을 뒤에 와서 딴소리로 그르치다.

펀뜻: 순식간에.

푸네기: 가까운 제 살붙이.

포달을 부리다: 암상이 나서 악을 쓰고 함부로 욕을 하며 대들다.

풀매듭: 풀기 쉽게 매어진 매듭.

품이 들다: 수고와 힘이 들다.

풋낯: 조금 아는 정도의 낯.

풋내나다: 서투르다 어설프다.

풋잠: 든 지 얼마 안 되는 옅은 잠.

피뜩: 어떤 물체나 생각이 가볍게 나타나다.

피새: 성질이 급하고 날카로워 걸핏하면 화를 내는 성질.

핑계모: 이러저러하게 내세우는 방패막이.

ㅎ

하고많다: 일일이 헤아릴 수 없을 만큼 많고 많다.

하냥: 한결같이, 계속하여 줄곧.

하늘마음: 하늘같이 맑고 밝고 넓고 고요한 마음.

하늘바라기: 우두커니 하늘을 바라보는 일.

하담삭: 날렵하게 바짝 쥐거나 잡는 모양.

하무뭇하다: 매우 하뭇하다(마음이 넉넉하여 푸근하다).

하비다: 남의 결점을 비열하게 헐뜯다.

하소거리다: 고해 바치다.

한갓지다: 한가하고 조용하다.

한마루: 남보다 훨씬 뛰어남.

한몫하다: 한 사람으로소 맡은 역할을 충분히 하다.

한살매: 목숨이 다 할 때까지의 동안.

한손을 놓다: 일이 일단 끝나다.

한올지다: 한 가닥 실처럼 가깝고 친밀하다.

한 코쭝배기 하다: 잘 생긴 코를 빌미로 한 행세를 하다. '코쭝배기'는 '코'를 속되게 이르는 말.

한터: 마을의 넓은 공지.

한포국하다: 흐뭇하게 가지다.

핫아비: 아내가 있는 남자.

핫어미: 남편이 있는 여자.

해참: 해가 질 때까지의 시간.

햇노랗다: 핏기없이 노랗다.

허든거리다: 다리에 기운이 없어 중심을 잃고 이리저리 헛디디다.

허벙거리다: 조급한 마음으로 몹시 허둥거리다.

허룩하다: 줄어 긇다. 없어지거나 줄다.

허방: 바닥이 갑자기 움푹 패어 빠지기 쉬운 땅.

허붓하다: 멋쩍게 입을 벌려 한 번 웃다.

허수하다: 공허하고 서운하다.

헛매질: 때릴 듯이 위협하는 일.

헛장: 풍을 치며 떠벌이는 큰 소리.

헛헛하다: 마음에 의지할 곳이 없다.

헤덤비다: 공연히 바쁘게 서둘러 몰아치다.

호졸호졸하다: 옷 따위가 몸에 착착 감기게 약간 젖거나 풀기가 빠져 초라하다.

후림불: 갑자기 정신차릴 수 없이 휩쓸리는 서슬.

훔훔하다: 몹시 흐뭇하다.

흐슬부슬: 차진 기가 없고 부스러져 헤질 듯한 모양.

흑싸리 껍데기: 쓸모가 거의 없는 물건이나 사람.

흠흠하다: 얼굴에 만족한 표정을 짓다.

흥감: 넌덕스러운 말로 실제보다 지나치게 떠벌리는 일.

흥야항야: 관계없는 남의 일에 이래라 저래라 참견하는 것.

힘담없다: 말소리에 풀이 죽고 기운이 없다.

히뜩: 언뜻 돌아보는 모양.